ハーティアズ・チョイス

秋田禎信
Yoshinobu Akita

TOブックス

ORPHEN

CONTENTS

SORCEROUS STABBER

イラスト：草河遊也 Yuuya Kusaka
デザイン：ヴェイア Veia

ハーティアズ・チョイス

1

「なあ例の新入り、今日はどうしてる？」

「そりゃ変わらないさ。なにもしてない」

「なにしに来たんだろうな」

「だからなにしに来たわけでもないんだろ。《塔（とう）》にいられないからここに来ただけさ」

「哀れなもんだな、将来を嘱望（しょくぼう）されたエリート様っていうのも、ああなると」

「俺たちみたいな支部の司書官を馬鹿にしてたんだろうになあ」

「ざまあないってもんだ。さ、あいつのロッカーにカエルの死骸入れとくか」

「今日は何匹？」

「うーん。晴れ続きだからなあ。二匹しかない」

「マジかよ。お前、処罰モンだぞ」

「だよなあ。闇のパワハラ総統様のご機嫌は損ねたくない。仕方ない。鉄釘（てつくぎ）爆弾も入れとくか」

——というどこにでもあるなにげない会話がこの悪夢の職場にもあるのかというと、実のところはまったくない。

日がな一日、変化もない受付にじっと座っていると脳内で勝手に始まる妄想劇場でしかない。

では実際にはどんな噂話がなされているかというと、一言でいえばそれもないというのが答えだった。

この新入りに対して、丁寧な無関心があるだけだ。

誰も、こんな田舎の支部の構成員でさえも、コースから転落したエリートなどに興味は持たない。

というわけで、ハーティアは物思いの中でひとり、ため息をつく。

司書官としてここに属して、四十四日。間違いなく四十四日だ。何故なら昨日一日中、四十三日目だと思って過ごしたのだから。一昨日は四十二日目、その前日はもちろん四十一日目。しかしさらに前日は……？

たっぷり数秒じらしてから、ハーティアは断言した。

（四十日目だったよ）

思考の中すら、どこをどう掘ってもつまらない当然があるだけだ。

ましてや。

と、ハーティアは目を開けた。

真っ直ぐに前を向いているふりをして意識を飛ばす、そんなことが特技になってしまった。それがなお虚しいが、それでも目に見える現実よりはマシだった。

まるで地下室のように暗いのは、窓がないせいだ。

大陸魔術士同盟トトカンタ支部。

トトカンタ市はキエサルヒマでも有数の都市ではある。

ただし、序列があるというわけでもないが、絢爛たる王都メベレンストやアーバンラマ、そして《牙の塔》があり魔術士の街であるタフレムに比べればもっぱら田舎と見なされている。

その受付にハーティアはずっと座っていた。

来た初日にここにいることを命じられ、それ以来ずっとだ。

来客はひとりもない。

トトカンタ市は商都と呼ばれるが、その半分はギャングや盗賊といった輩に牛耳られている。聞くところによると一昔前にはさらに本格的な抗争で荒れていたらしい。下町の女主や流浪の暗殺者、さらには謎のスパイ組織だかが暴れ回り、なんやかやで落ち着いたという。もちろん真に受けるような話ではない——こんなありきたりで退屈な街にそんなわけの分からない連中がいるわけないのだから。

仮にいたとしても自分とは関係ない。

自分はこれから年老いて死ぬまで、この変わらない場所に居続ける。昨日と同じ今日、今日と同じ明日、そして明日と同じ日々を永遠に過ごすのだ。

誰も訪れることのない扉を見つめ、日の差さないこの受付に座る。どれほど退屈に自我を磨り潰されようと、なにも起こらない。良いことはもちろん、悪いことすら起こらない。ロッカーにカエルも入っていない。そもそもロッカーは用意されていない。どうせ私物も持っていない。《塔》からはなにも持ってこなかった。全部燃やして身ひとつでここに来た。身ひとつといっても全裸ではなかった。いっそ全裸で来ればよかったが、そんな面白いことは思いつかなかった。いや面白くもないか。

陰鬱な妄想に耽っているとその日、あり得ない変化が訪れた。

扉が開いたのだ。

とはいえもちろん、扉は開くものだ。魔術士同盟の職員らはここから出入りしている。例がなかったのはそこに姿を現したのが魔術士でなかったことだ。

トトカンタ支部の魔術士は見ればすぐ分かる格好をしている。制服があるし、ハーティアも司書官としてそれを着ていた。《塔》ではローブを着ていたので黒ずくめのこんな格好をするのはむしろ慣れっこだが、うたた寝をすると頬に刺さる謎の星型にはいまだ納得いくポジション取りが掴めていない。

その魔術士同盟の格好ではない、ごく当たり前のスーツ姿のふたりが扉を開け、受付まで歩いてくるのをハーティアは黙って見守った。

ひとりは長身の男だ。謹厳実直か四角四面か、あるいは単に厳つい顔つきだがスマートな足取りで愛想もなく真っ直ぐ進んでくる。老けても見えるが身のこなしは素早く、鍛えられた兵士に思えた。

もうひとりは若い女だ。男に比べると幼さが目立つが、まだ新品のパリッとした格好で迷いもない。

ふたりしていかにも有能さを誇るようだったが、第一声でその理由はよく分かった。

「派遣警察のダイアン・ブンクトだ」

男は身分証明を取り出しながら名乗った。

ハーティアは一瞥し、告げた。

「どちらへのご用向きでしょうか」

努めて冷淡に。

騎士隊が相手であればあまり友好的に出る必要もない。実のところは興味津々だったが、態度に出ないように気を付けた。

ダイアンと名乗った男はある名前を口にした。

この支部の長の名だ。まあつまらない名前なので覚える必要はない。

「アポイントメントは？」

「ない。だが今すぐ会うことを勧める」

「魔術士に犯罪行為があったとしても我々は優先して大陸魔術士同盟内での審判を受ける自治権が――」

「そんなお題目だけの特権はどうでもいいし、お前たちを逮捕しに来たのではない。もしそうなら正面から乗り込むものか。遠方から砲撃して爆殺する」

「砲撃などされないようにこんな路地裏にオフィスを構えています」

「なら下水に爆発物を仕掛ける。いいから取り次げ」

「ご用件をうかがわずに、約束もないお客様をお通しなどしたら、自分はそれこそその特権で裁かれかねません」

「それは我々の知ったことか？」

「寝覚めは悪いでしょう？」

派遣警察官の威圧的な睨み(にら)も淡々とハーティアは受け流した。

ただこんな若造に鼻であしらわれたとしても、ダイアンは落ち着きを失わなかった。

「犯罪者を追っている。その足取りを追うのに魔術士の助けを借りたい」

「……それは魔術士の犯罪者ということですか？」

となればさっきの特権の蒸し返しになる。もっともこの警察官の言う通り、貴族連盟と魔術士同盟が取り交わした古い約束事のひとつで、まだ騎士団が警察機能を持っていなかった時期の、有名無実となったものなのだが。実際、そんなものを受付で持ち出されると思ってもいなかったろう。

だから再び知ったことかと拒絶されるならそれでもいい。ただハーティアはかまをかけただけだった。なにしろこれは四十四日目にして初めて現れた、人語を話す訪問者だ。しかも妄想の産物でもない――少なくとも今のところ、現実と見分けがつかない程度には妄想ではない。ちょっとくらい楽しんでいたかった。

ダイアンは首を振った。

「違う。厳密には、少なくとも同盟内の問題ではない」

（ということはモグリの輩か）

相手が口にしたそのままをハーティアは判断したが、違和感も覚えた。そうなら最初か

らそうと言えばいいだけだ。口外したくない他の要素も加わっているのか。

興味はあったが、それ以上掘り下げる口実ももうなかった。ハーティアは、それではお待ちをと告げて席を立った。

廊下を歩きながら、まあいいかと考えた。二手ほど先の展開を先読みして、疑問はいずれ解消するだろうと分かっていた。

こんな外部から持ち込まれた面倒ごとに送り出される羽目になるのは、支部の一番下っ端に決まっているからだ。

2

ほぼ予想通りの展開だったものの、ハーティアの計算は少しだけ外れた。

奥の話し合いに小一時間はかかるだろうと――つまりまた白昼夢に耽る機会が三、四度は来るだろうと――踏んでいたのだが、ダイアンはものの十分もかからないうちに受付まで出てきて、つっけんどんに「来い」と言った。

職務中ですので、上司に確認を取りませんと……

といった返事が妥当だ。というのは当然分かっていたが、ハーティアは即答した。

「はい」

ダイアン、そしてその部下であるらしい若い女について魔術士同盟詰め所を出る。扉をくぐって表に出て、陽光と風を肌に感じた瞬間、ハーティアは打ち震えた。思わず足を止めていると、気配を察したふたりが振り返り、訊いてきた。

「……どうかしたか？」

「いえ、自由を味わっていました」

「よく分からないが、魔術士というのはあの建物に監禁されているのか？」

「普通に家から通ってますけど」

「じゃあ、どういうことなんだ」

「説明すると長く――」

「ならいい。興味を持ったふりなどして済まなかった」

さっと手を振って、ダイアンは会話を打ち切った。

（なるほどね）

と、ハーティアは多少合点がいった。話が早いわけだ。

逆に余計な愛想も必要なさそうだったので、世間話もせず遠慮なく黙ってついていくことにした。ダイアンは大股で迷いもなく歩いているようだったが、しばらくすると、彼が目的のあてもなく歩いているのではないかとハーティアは気づいた。トトカンタの複雑な路地を非効率に行ったり来たりし、時には後戻りすらした。

だが急に回れ右したダイアンとすれ違う際、彼の顔を見て、ハーティアは思い直した。迷っているのではない。尾行を警戒しているのだ。

やがてダイアンは、寂れた公園を選んで入っていった。入り口から最も離れたベンチを選んで、ダイアンが腰を下ろす。ハーティアも横に座った。女は数歩離れた場所で立ったままだ。それとなく周りを見張っているのだろう。

確かにこんな場所のほうが、誰がいるか分からない店などよりも盗み聞きはされづらいには違いない。

(……随分と大袈裟だね)

というハーティアの内心の声を見抜いたように、ダイアンは開口一番、こう言った。

「既に腕利きの捜査官が二名、遺体で見つかった」

「そう……ですか」

「控えめに言っても悲惨な状態だった。見つかっていない部位のほうが多いくらいだ」

「バラバラに?」

「というより、粉々にだ。道具も持ち込めない閉所で、目撃者もいないほどの短時間に、ふたりも。犯人が魔術士でないとしたら、ひどく頭のいい大型肉食獣というところだろう」

「遺体に歯形は?」

ハーティアの軽口に、ダイアンはようやく不快げに顔をしかめた。部下の死を茶化されたからか、あるいは単にハーティアの態度になのかは知りようもないが。

やり過ぎる寸前で、ハーティアは言い直した。

「どのみち、それなら人目を忍ぶ話でもなさそうですが。捜査官が亡くなられたなら、騎士団総力でも容疑者を狩る話では?」

「そのつもりだった。が、わたしが本部に応援を打診したら――」

サッと手を振って、手じまいの仕草をする。

「捜査を打ち切るよう命ぜられた。それも騎士団高位から。要請が裏目に出たわけだが……その裏目になったことで手がかりを得た」

「と言うと?」

「貴族が関わっている。かなり上位の、王家に近い筋でなければ、こうはできん」

「十三使徒が犯罪を犯しても、貴族連盟は庇いませんよ。むしろ喜んで魔術士同盟を責め立てます」

「そんなことは言われるまでもない。王都の連中が囲う魔術士の組織がもうひとつある」

「………………」

ないと否定しかけて、ハーティアは一瞬、言葉を呑んだ。

あるにはある。

だが。

「白魔術士は外に出て人間をバラしたりしませんよ」

「どうしてそう言える。大抵どんな輩も人を殺したがりはしないが、殺人犯はいる」

「白魔術士が善人だからなんて言うつもりはないですよ。まったく逆です。彼らは王家の奥の手です。ひとたび外に出れば、なんだって始末できる。命令を聞けばの話ですけど。最初期の最も偉大な白魔術士、ヒュキオエラ王子は暴走して一都市を滅ぼしました。王家――つまり本来の意味での王家ですが、ヒュキオエラの子孫はその事件のツケで貴族連盟に降った。使うほうにとっても禁忌の武器なんです。厳重に幽閉されています」

ハーティアが語る間、ダイアンは静かに見返していた。そしてゆっくりと口を挟んだ。

「魔術士にモグリはいる」

それは確かに正論ではあったので、ハーティアは苦笑いした。

二重の意味でだ。

「それは正解ですし、不正解でもありますね」

「どういう意味だ？」

「組織に属さない魔術士はいるにはいます。でもほぼ例外なく使い物にならないか――」

ハーティアはつい、声を途切れさせかけた。息を吸って誤魔化す。

「抹殺間近か、どちらかです。魔術士同盟は力のある同朋を放っておきませんし、仲間にならないなら危険視します。ましてや野良で人を殺すような奴ならね。あなたは有名無実と言いましたが、同盟の自治権は実際には無効になってはいないんですよ」

噛んで含めるように強調してから、喉に残った苦みを咳払いした。

話を続ける。

「白魔術士はもっと極端です。彼らは強力であればあるほど不安定で、助けがなければ存在を維持できない。精神体による憑依のような手段で生きながらえるという話も聞かないではないですが、眉唾ですね。彼らにとっては危険な賭けでしかない。魚が水たまりを頼りに登山するようなもので、現実的ではないですよ。もしそんなものを、例えばそこらででも出くわすようなことがあり得るなら、ぼくは驚きます」

むしろそんなことでもあるなら、この退屈な街も楽しめたのかもしれないが。とハーティアが自嘲を味わっていると。

ダイアンが問いただした。

「では白魔術士は関係していない。野放しの白魔術士は存在しない、と断言できるんだな？」

「はい」

ハーティアは即答した。

訓練された返事だった。

決して躊躇してはいけない。ただひとり、白魔術士が生きて放浪している可能性を知っていると微塵でも疑われてはいけない。それは《牙の塔》の最高度の命令だ。

なんとはなしに腕組みしていた指先が、胸元の紋章に触れていた。

（……別に罪悪感を覚えなくてもいいんだ）

罪のある嘘ではない。彼女の逃亡は貴族連盟などと無関係なのは間違いないのだから、ダイアンの危惧とも関わりはない。まったく別の話だ。

果たして、ちらりと視線を向けたダイアンの表情からは、違和感があったかどうか分からなかった。ダイアンはそのまま話を続けたが、話題は微妙に変わっていた。

「《牙の塔》の出身だな」

彼が見ていたのは、ハーティアが思わず触れた、ドラゴンの紋章だった。

ハーティアはうなずいた。

「はい」

「王都の宮廷魔術士は広く容疑者と言えるし、タフレムにわたしが近寄っても注意を引く。ということでここに来たが……本件に君を参加させる判断をしたのは君のところの支部長ではない。わたしが指名した」

「ぼくの名を知ってるんですか？」

つまらないことを訊いてもやはり、ダイアンは動揺も見せなかった。

「また揚げ足取りだな。受付にいた、紋章を着けた男と言った。戦闘にも対応できる、最も強力な術者が必要だったからだ。支部長という男も、その部下にも、その紋章を着けた者はいなかった」

こんな田舎の支部に《塔》の魔術士が回されるのは異例だ。

考えてみたら——とハーティアは今さら気づいたが、彼がこんな紋章を着けているのも支部の者には嫌味に映ったかもしれない。とはいえ外したからといって、それはそれで揶揄する者は揶揄する口実にするだろう。

（……馬鹿ばかしいな）

と感じるのは、そうした連中にというより、そもそもこの紋章を外すことを思いつきもしなかった自分に対してだったが。

ともあれハーティアは肩をすくめた。

「名乗りましょうか？」

「どうでもいい。協力は非公式だ。本件の内容が表に出たとしても我々は一切を否認する」

「貴族の線を捨てないんですね」

「そうだ」

「捜査をやめるよう命令した高官は犯人を把握しているわけですよね」

「その通りだ」

「そいつを捕らえて拷問したほうが手っ取り早いのでは？」

「王立治安騎士団の重鎮をか。して欲しくないわけではないが、夢物語だな」

ダイアンの目に冷酷な影が過って、実際のところその提案をそこまで嫌がってはいなそうではあったが。

それでも彼はかぶりを振った。

「わたしとしては、上手い解決の策があるわけではない。あれば人に頼らん。これ以上は同行もしない。ここにいる新人をつけるが、彼女も飽くまで訓練中で任務ではない」

と、彼はようやく部下らしい女を紹介した。

落ち着いたたたずまい。理知的な顔つき。洗練された格好。

彼女を指して、ダイアンは告げた。

「心配しないでも、訓練生とはいえここまで最優秀の成績だ。コンスタンス・マギーという」

彼女は言葉なく、頭を下げた。ハーティアもそれに倣う。

その間にダイアンはもうベンチから腰を上げていた。それどころか既にもう半身、立ち去ろうとしている。

「あとは任せた」

有言実行というものか、本当にこの会話などもう忘れたかのようにきっぱりと振り返りもせず、ダイアンが公園から出ていくのをハーティアは見送った。

コンスタンスもだ。上司の姿が見えなくなって、彼女は小さく息をついたようだった。

その沈黙を解（ほぐ）そうと、ハーティアは口火を切った。

「背広組とはいえ、さすがに騎士様だね。簡単には怒らせられないな」

不意を突かれてコンスタンスはきょとんとしたようだった。

「怒らせるつもりでいたの？」

「ああいう鉄面皮の知り合いがふたりもいてね。扱い方は心得てるつもりだったんだけど」

苦笑いするハーティアを、コンスタンスは訝（いぶか）しむ。

「なんでまたそんなこと」

「ぼくの知ってるふたりはふたりとも隠し事をしてた。そういう連中の本音を少しは暴いていかないと痛い目を見ると学んだよ」

と、ハーティアは彼女に笑いかけた。

「君も貧乏くじを引いたわけだろ？」

「そうは思わない」

「どうして。非公式の危険任務だよ。しかも解決したとしても、お偉い方の恨みを買うだけのね」

「だから見返りがあるんでしょ？」

不敵に、その見習いの派遣警察官はそう言った。

彼女のその笑い方は見慣れたものだ――とハーティアはやはり皮肉に思った。見慣れたどころか、ハーティア自身が同じ表情で生きてきたに違いないのだ。己の力と才覚を知り、その誇りを当然のものとしている者たちの顔。

自分とは違って、きっと彼女はその道を順調に進むのだろう。

「エリートの最短コースか」

「多分、ぶっちぎりのね。三等官だの二等官だの、つまんない僻地（へきち）の夜回りじゃなくて、即王都勤務からスタートよ」

「高位の貴族を破滅させて、そうなるもんかな」

「お偉い方の恨みを買うっていうのはね、同じくらいお偉い敵対者の感謝を買うってことでもあるの。ダイアン部長刑事が高位に取り立てられれば、腹心の部下を何人か連れていくことになる。その場合、もしかしたらあなたも……」

「………」

言葉を濁した彼女に、ハーティアもわずかの間、黙考した。

それこそ夢物語に聞こえたが。信憑性（しんぴょうせい）については、これに関わっている貴族がどれだけ大物なのかによる。数多（あまた）の貴族たちは、それこそ路地の商店主と大差ない者から最高位の王家に連なる者まで段階にもきりがない。権力闘争は複雑怪奇で、しかも旺盛きわまりないとくれば、確かにその手駒である騎士団内部の人事も派閥の論理が影響してくる。ダイアンも、ある程度あてがあっての話だろう。実際、犯人の貴族は騎士団高官を使って捜査を妨害したわけだ。その貴族が潰れれば息のかかった騎士もともに一掃されるのだろうから、そこのポストが空く。

総じて、荒唐無稽（こうとうむけい）とまでは言えない。

ただ、きらきらした彼女の瞳に映っているであろう自分の顔を想像して、ハーティアはやはりまた苦笑した。

（ぼくにも魅力的な話か……偶然にしては出来すぎなくらいに。紋章を見て決めたと言っていたけれど、こんな支部でくすぶってる《塔》の落ちこぼれを目ざとく見つけたのか、それとも最初から知ってて来たのかな）

そのどちらにせよ、あのダイアンは抜け目のない男だとは察せられる。

頓挫したキャリアをやり直せるチャンスではある。

普通なら否応なく飛びつく話だ。

（でも、ぼくは違う）

ハーティアは胸中でつぶやいた。

紛れもなく本音でそう思った。まったく微塵も心が動かされなかった。

しかしその上でうなずいた。

「やるよ。協力しよう」

「ありがとう！」

と差し出された彼女の手を、ハーティアは無感動に握った。

彼女はもちろん、ハーティアが断るわけなどないと確信していただろう。

だが違う。ハーティアはおくびにも出さずに独りごちた。この非公式の捜査に乗ったのは、未来を立て直すためではない。少なくとも、明日以降のことなどを思ってではなかった。

今日の勤務の残り時間は、まだ六時間ほどある。そのためにあの受付にもどるのが嫌だった。ただそれだけだった。

コンスタンスはにっこりと、改めて自己紹介した。

「わたしはコンスタンス・マギー。まだ訓練生で、名前しかないけど」

「ぼくは名乗るべき?」

ハーティアは、去っていったダイアンのほうを示すように手を振った。

彼女は笑って否定した。

「多少は長旅になるもの。名前は欲しいわね」

「ハーティアだ。ぼくこそなにもない、ただの下っ端だよ」

君のようなエリートからは、事務の備品のひとつとしか見なされないような、ね。とはさすがに付け足さなかったが。

「いい選択をしてくれて感謝してる」

コンスタンスのそんな無邪気な言葉に、ハーティアはただ薄っぺらい微笑(ほほえ)みを返すだけだった。

3

退屈から逃げ出したハーティアを待っていたのは、またしてもなにもやることのない三日間だった。

皮肉にも——というところだったが、実際のところハーティアは特段の不満も感じなかった。むしろ船上の開放感を楽しんだ。着慣れない魔術士同盟の制服を脱いだだけでも背中から羽根でも生えたような心地になったが、まさに船は疾く進んだ。トトカンタから、王都メベレンストへの船旅だ。

キエサルヒマの主だった都市は海路での移動が最も早い。トトカンタからメベレンストは乗客も多く、便数も不自由しない人気航路だ。大型の輸送船が絶えず行き来している。

陸路なら数十日はかかるだろう、マスマテュリアの難関を無視して通り抜けられる。ウォー・ドラゴンの眠る極寒の地も、海から見る限りでは風が肌寒いかという程度だ。氷剣山、ベソナム・ゴインゴゥの像、おろし滝といった名だたる景観も、方角すらよく分からないまま通り過ぎてしまうことになるが。

マスマテュリアは興味深い土地だ。キエサルヒマの先住民、地人の自治区であり、ドラゴン種族由来の文化とは異なった世界が見られる。原始的な英雄崇拝の気質が強く、政治的に安定しているのも特徴だ。

（いいことなのか悪いことなのか、それは知らないけどね）

船べりに肘をついて、ハーティアは嘆息した。

王都は安定と縁のない街だ。貴族連盟は王立治安構想を号令し、王都から全土を支配しながら、王家破滅以来の終わらない内輪もめを続けている。相次ぐ失政によってもたらされた混乱期、貴族たちは王家の存在を最大の過ちとして、人の上に立つ個人としての王を否定した。

現在、王家とは抽象的なものだ。貴族連盟の連盟たる総意が王家と呼ばれる。聖域によって任命された王家、その王家が招集した貴族、その貴族が王に反逆しながら、本来の王命にだけは従い続けるという役割で正統性を維持している。

貴族議会はその意思、王家を形成する組織だ。この貴族たちの革命が人間種族に人権なる概念を与えた。ドラゴン種族から継承したものではない、人間種族の初めての自立ともされる。

その崇高な理想がもたらしたものはなにか。複雑、肥大化する組織、決着なき議論と先送りの常態化、実行力のない支配、議会工作と……要はきりのない謀略と暗闘だ。

今はその崇高さを人々は信じているが。いつかもし限界が来たら、人々は一斉に失望するのかもしれない。そしてまた王を求めるのかもしれない。臣民の願いをお気楽に叶え、悩み苦しむような贅沢を失わせてくれる王を。あるいは魔王をだ。

ともあれ現在、王都が支配力を持っている端的な理由は軍事力だ。王立治安騎士団の数と実力、装備の質、そしてなにより認められた警察権だった。騎士団は派遣警察官を大陸全土に送り、犯罪捜査をすることが許されている。マスマテュリアやタフレム、北のキムラックにすらにもだ。

「明日には王都ね」

背後から話しかけてきたのはコンスタンスだ。

ハーティアは、驚いたふりをするかどうか少し考えた。

彼女が近づいてきていたのはしばらく前から気づいていた。それでも素知らぬように無視していたので、ここで察していた態度を取れば若干気まずいだろう。

「うわあ、君か」

「驚かせた？」

「まあね。考えごとをしてた」

「仕事に関係すること？」

「どうかな。ぼくはまだ具体的なことをほとんど知らないしね」

「話す機会を作れなかったわね」

彼女はすまなそうな顔を見せたが、どちらかといえば避けていたのはハーティアのほうだった。広い船内でもないが、それでも船室は離れていたし、非公式任務というのに人目につくところで立ち話もなんだろうと、この船旅ではほとんど顔を合わせもしなかった。

幸いというのか、そろそろ乗客も特に見どころもない甲板に飽きて、あまり出てこなくはなっていた。それでも声を抑え目に、ハーティアは訊ねた。実のところ任務そのものについては好奇心がうずかなかったわけではないのだ。

「事件の起きた場所は？」

「王都よ。外街、イバンコダ。最初にそこに向かうつもりだけど」

「君は王都に詳しいの？」

なんとはなしに立ち居振る舞いから、彼女が東部の人間ではないかという見当はつけていた。単に派遣警察官は東部人が多いというのもあるが。

コンスタンスは首を振った。

「いいえ。ほとんどアーバンラマを出たことない。でも、王都に詳しいっていう知り合いがいるから、向こうで案内を頼むつもり」

「そいつも警官?」

「いえ、民間人」

「危険な任務で大丈夫?」

「案内を頼むだけだから」

「ふうん」

ハーティアとしてはあまり気は進まなかった。敵が魔術士であった場合、守るべき相手がふたりだと、どちらかを見捨てないとならない状況があるかもしれない。

とはいえ、それはそうなってみないと分からない。地理に明るい助けはどうしたところで必要にはなるだろう。

ひとまず割り切って話を続けた。

「もし本当に大きな陰謀に関わっているようなことなら、例の捜査官がなんの任務中だったのかは無視できなそうだね」

「それが……不明なのよ」

「そんなことあるの?」

「捜査官が独自に動くことは珍しくないの。一等官にもなると」

「まったくの手がかりもないの?」

いきなり途方に暮れる出だしにハーティアが問うと、コンスタンスは答えた。

「殺される直前、彼らは本部にテロリストの資料を要求したみたい。でもその情報に失望してたとか。役に立たなかったんだとしたら、彼らの追っていたのは本部も把握していないような連中だったってことよね」

「それは大物？　それとも小物って意味？」

「どちらもあり得るけど……」

困ったようなコンスタンスに、同じ気持ちでハーティアは口を尖らせた。

「どのみちテロリストが犯人なら、それを貴族が妨害するのもおかしいだろ。いきなり辻褄が合わない。

「テロリストのふりをした私兵なのかも」

「その繋がりを断つために、逆に手がかりになるような手駒を使ったんじゃそれこそおかしい」

「そうだけど……」

口ごもる彼女に、ハーティアはつぶやいた。

「死体には本当に歯形もなかったんだろうね？」

今度は皮肉でもなく、まだしもあり得たのではないかという気すらした。

「また蒸し返すけど、十三使徒だろうと白魔術士だろうと、貴族の大物程度の一存でおいそれと動かせるものじゃないんだ。こう言っちゃあなんだけど、そもそも非魔術士の捜査官を殺害するのに適切な手とも思えない。この一件は前提からどうやっても矛盾があるんだ。よほどの大物でもないとできないはずなのに、そんな切れ者ならこんな雑な真似はしない」

「モグリの魔術士に殺し屋がいるとかは本当にないの？」

「仮に魔術士同盟が見過ごしているような魔術士の暗殺者がいるとして、貴族が捜査妨害してまで庇うのはおかしい」

「…………」

コンスタンスは口元に手を当て、黙り込んだ。

なにか考えがあるように見えたのでハーティアも待っていると。

彼女は、ゆっくりと口を開いた。

「わたしには姉がいて、会社の経営者なんだけど」

「へえ」

多少拍子抜けしたが、まだ続きがあるのだろうから相づちだけにとどめた。

彼女は続ける。

「会社の話でね。例えば、傍(はた)から見てなんであの会社はこんなわけの分からない事業に手を出したんだろうとか、なんでこんな妙な計画立ててるんだろうってことあるでしょ」

「あるのかな。ぼくは勤めたことないから」

「あるのよ。むしろしょっちゅう。どこかの会社が妙な話に執着していて不思議に感じたら、うちの姉さんはこう言うの。『社長の甥っ子のしわざ』って。組織が合理的でないことをするのは大抵、おかしな身内のせいってことね」

「貴族の甥っ子がおかしなことをしでかしてる？」

ハーティアがうめくように言うと、コンスタンスは半分だけうなずいた。

「もちろん、文字通りってことじゃないけど……どうかしら」

どうなのか、というほどの話でもないだろうが。

それでもハーティアには、存外本質的な話に感じられた。

「確かに、合理的な動機以外を全部排除してたら見失うかも。そもそもが殺人事件だ。まともな人間のやることじゃない」

「追っていたテロリストとは関係ない、怨恨の線もあるのかも」

「手口の派手さから考えると、メッセージ殺人とかかもね」

現状では、見方を広げれば途端にとりとめがなくなる。

なにはともあれ情報集めからだ。

慎重に、目立たず進めるべきだろう。手がかりを掴む前に敵の攻撃も警戒しておかなければならない。

いかにも困難な仕事ではある。

退屈しのぎとはいえ殺されるのはごめんだった。

(余計な厄介ごとだけは避けたいね。協力者ってのが役に立つならいいけど……)

翌日、船は予定通りにメベレンスト港へと着いた。

その波止場ですぐにコンスタンスは協力者の姿を見つけた。目立つ格好だったからだ。

「うちの執事よ。王都の執事学校にいたから詳しいんですって」

タキシード姿の銀髪の男は、落ち着いて優雅にお辞儀した。

「キース・ロイヤルと申します。黒魔術士殿」

4

イバンコダへは馬車で一日の距離だという。

メベレンスト港湾地区から出て丘をひとつ越え、田園のさらに先だ。

待合所の案内板を見るだけで王都の広大さが分かる。

行き先を間違うだけで数日ロスするほどだ。

「御者と話がつきました、コンスタンス様」

キースとかいう執事は確かに勝手を知っている風で、乗り合い駅から一台を選び交渉した。古びてこぢんまりした馬車だが、屋根付きで居心地は悪くなさそうだ。

三人が乗り旅用荷物とを持ち込むと、座席はいっぱいいっぱいで余裕もない。ただそれも貸し切りにできる分、都合は良かった。乗り合いになると当然それだけ寄り道が増える。

「車内で一晩過ごすのだけがネックだね」

ハーティアがつぶやくと、コンスタンスはくすりと笑った。

「御者のほうが大変よ」

御者席には年寄りと若者が並んで座っている。途中で交代するらしい。馬を休憩させるのに、間に一時間だけ停(と)まります、と最初に説明を受けた。

馬車が動き出してしばらく。港湾地区をあとにするまで、ハーティアは風景に気を取られているふりをしながら執事の様子をうかがっていた。風貌こそ目を引くが、特段、変哲もない使用人のようではある。

誰も説明しようとしないので、仕方なくハーティアのほうから言い出した。

「……あのさ。訊いてもいいかな」

「なに?」

邪気もなく訊き返すコンスタンスに、ハーティアは質問した。

「なんで執事が。ていうか君の家の? 君も貴族かなにか?」

多少、裏切られたような気分もあってつい口調に棘(とげ)が混じった。

騎士には当然、貴族の出が少なくない。ただ今回の話の気配から、ダイアンが貴族に近い者を使うのはなさそうだと思っていたのだ。

だがコンスタンスは言われて驚いたように否定した。

「貴族なんてとんでもない。むしろ逆よ。親が商売人だったの。その会社のほうは姉夫婦が引き継いだから、わたしは関係ないけど」

「カーマディ&フレデリック工房です」

そつなく、キースが言い添える。

ハーティアは記憶を探った。思い当たる社名ではある。

「ああ……蒸気機関の。あれ。ということは、フレデリック……フレデリック・マギー。そうか。娘が会社を継いだって聞いたことあったかも」

コンスタンスはまた改めて驚いたようだった。

「いろんなことに詳しいのね」

「昔は真面目に勉強してたからね。知識の根があると、ちょっとした噂も耳に残りやすい。貴族連盟と渡り合うなら東側の事情には特に詳しくないと」

すらすらと告げてから、ハーティアはばつが悪くなって苦笑した。

「まあ、そうだよ。それで結局行き着いたのが支部の閑職なんだけどさ」

勝手に自嘲されて、コンスタンスは顔をしかめた。

「なにも言ってないわよ。最初は誰でも一番下からスタートでしょ」

「フレデリック・マギーの娘がそう言うかね。お姫様みたいな暮らしだろ」

「それを責められても」

「……そうだね。悪かった」

ハーティアは後ろ暗さを認めた。

「君みたいに順風満帆な人が根っからツキまくりだったなんて思うと、ついね」

「家ではそれなりに厳しくはされてたのよ」

「父親に？」

「……姉さんにだけど」

なにか嫌な思い出にでも襲われたようにコンスタンスは青ざめたが。

かぶりを振って話をもどした。

「生まれのことなんて、それこそあなたに言われるのは変な感じよ。わたしはどう頑張ったところで、手から稲妻も出ないし」

「出したいと思ったことはある？」

「まあ……稲妻は特にないけど」

「破壊力ならそれ以上のこともぼくには簡単だよ。でももうどんな魔術能力も使い道がない。誰もぼくに仕事はさせないからね。ドロップアウトっていうのは残酷だ。なにができてもさせてもらえなくなることを言うんだ」

「話していてちょくちょく感じるんだけど……なにがあったのか知らないけど、ちょっと卑屈が過ぎない？」

さすがに見かねてコンスタンスがうめく。

ハーティアは深々と嘆息した。

「もしぼくの態度が大袈裟過ぎると感じるなら、随分買いかぶってるってことだよ。ぼくは才能を最大限期待された。にもかかわらず駄目だった。最初からなにもなかった奴よりよほどひどいもんだ」

「失敗に厳しいのね」

「そうだよ。しくじった奴はしくじった理由がある。理由がある以上、そいつは永遠にしくじり続ける」

「しかし言うなれば魔術は」

不意に横から話に割り込まれて、ハーティアは顔を上げた。

まさかの執事だった。彼はゆっくりとあとを続けた。

「根本的な過ちから生じたのが本質では？」

「歴史を紐解けばそうなんだろうけどね」

ハーティアは認めたが、首肯はしなかった。

「スケールが大き過ぎて尺が合わないよ。ぼくらの失敗じゃないし。それに実際、そのしくじりでドラゴン種族は滅亡寸前だ。そのスケールを当てはめるならぼくらだって同じ運命かもしれない。キムラック教徒が信じてるようにね」

「……まさか、キムラック教徒ではないよね」

と、話してみてこの執事に興味が湧いた。

「違います」

「じゃあ変わった見方をする人なんだね。非魔術士としては」

「わたしを変わっているとおっしゃったのはあなたが初めてです」

「そうかしら……キースはちょっと変なところあると思うけど」

横で首を傾げるコンスタンスに、キースは静かに笑った。

「またお戯れを」

そんなふたりの話を、ハーティアは上の空で聞き流しかけていた。

と、我に返ってハーティアは話を改めた。

「まあ、そうだね。不快な態度で済まなかった。慎むよ。話題を変えよう。あなたが王都にいたのはいつ頃の話なのかな」

問われてキースは、物静かに応じた。

「幼少期よりずっとです」

「生まれたのも王都？」

「いえ。ここは縁もゆかりもない土地ですね」

「うちに来てもう二年くらいになる？　わたしが騎士学校で家を出て、ほとんど入れ違いだったのよね」

「そうなりますね。フレデリック様に雇っていただきました」

「そういえばそのへんの経緯もわたしまだ聞いてないのよね。父さんその後すぐ死んじゃったし……」

「…………」

マギー家の家庭内の話を聞きながら。

ハーティアはやはり、物思いに囚われた。

図らずも、魔術など最も無縁そうな執事などに指摘されてしまったが。

自分でも思った以上に、そのせいで動揺していた。

魔術士は卑屈になる宿業がある。

（魔術士は……魔術に精通するほど、不安に駆られるんだ。自分に許されたこの力はなんなのか。いつか裏切られたりしないのか、そうでなくても法外な清算が待ってやしないか。怖い。だから強いほど脆い。知らないふりをしていても、魔術士は自覚している……）

魔術の特性から血統主義で、優性思想であり、生まれ持った才能を重んじる。

強大さという明白なものを求めて、迷うこともない。

原初、人間種族の魔術能力は微々たるものだったと言われる。扱い方を身に着けていなかった。それから二百年、魔術士の力は増大し続けた。力の果て、上限をいまだ知らないことは、希望であり不安でもある。あるいは天使と悪魔か。結局は同じもので、どちらか欲しいものだけを得ることはできない。

（なのに見た目で選んでしまうんだ。天使はいかにも天使らしく見えるから……）

と、がたがたと揺れる馬車のリズムが乱れた。

「……停まったの？」

コンスタンスが窓にかかったカーテンを除けて、外をのぞく。

景色は止まっていた。

「休憩時間には早いよね」

ハーティアが言うと、御者台のほうののぞき窓が、向こうから開いた。窓の蓋が開いても目鼻がのぞく程度の細い隙間だが、御者のひとりが言ってくる。

「ちょいと、すみません。お客さん」

「なにかありましたか？」

「道の先に、あれは……女ですかね。倒れているんすけど」

困り声でそう言われ、ハーティアは横の窓から顔を出して前方を見やった。

確かに少し離れた先に人が倒れている。女かどうかは、髪が長いという程度の見分けでしかないが。

あたりは田園の、ひとけのない丘陵だ。馬車の連絡路なので人通りがないわけではないだろうが、どれくらいの時間放置されていたのかは分からない。数分かもしれないし数時間かもしれない。遠方に農村などもあるが、丘のせいで死角になって見つかりにくいはずだ。

「なら、助けないと」

コンスタンスの声に、御者はのぞき窓の隙間でせいいっぱい眉根を寄せた。

「それが、なんでか馬が怯（おび）えて、進もうとしなくて。どなたか、様子を見にいってもらうわけにはいかないでしょうか。申し訳ないんすが、馬のほうも見ておかないと、暴れ出しそうで」

もうひとりの御者は降りて、落ち着かない馬をどうにかなだめている。

ハーティアは申し出た。

「ぼくが行くよ。怪我（けが）なら治療もできると思う」

窓から身を乗り出して、そのまま外に出る。

走り出しながら、その行き倒れを観察した。といってもうつ伏せに倒れて動かないというくらいしか分からない。離れて見て取れるような外傷や異常はなかった。同じく周辺にも違和感はない。

あと数歩という距離で、ハーティアは足を止めた。

どうやら間違いなく女のようだった。格好からすると遠出してきた様子ではない。手荷物も見当たらない。

なにがあったのかは近づいても分からなかった。つまずいて転んだまま動いていないという倒れ方だが、外傷はない。

他に手がかりもなく、空気を嗅いだ。だが確かめるまでもなく、人工自然いずれの有毒ガスも出るような場所ではない。

あとは気を失うような疾患か。見た限り、健康そうだが……

異変はそこで起こった。

前方ではない。ハーティアは振り返った。

馬車が走り出している。御者ふたりが御者台にもどって、全速力で馬を駆けさせていた。車体が左右に振れるほど驀進してくる馬車を見て、ハーティアは身構えた。どうするべきか。考える時間は数秒もない。

間もなく馬車はハーティアの横を通り過ぎるだろうが、どうして走り出したのか見当もつかない。なにか急に危険が迫ったからなのか。しかし馬車のほうには他になにもいない。止めるべきか。しかし理由があって走っているのなら止めていいのか未知数だ。破壊すべきか。しかしコンスタンスと執事が降ろされたわけでもなさそうなので、きっとまだ乗っているのだろう。

成り行きを見るしかなかった。ハーティアは道の脇に避けたが、そうするまでもなく馬車は道を駆け、ハーティアも倒れた女も無視して走り去っていった。御者たちはハーティアに声もかけず、一瞥もくれなかった。

(置いてかれた……?)

意味は分からないが、かろうじて理解できる範囲から察すると――

ハーティアはさらに跳び退った。

彼の立っていた場所を、鈍い鉄色の塊がひと薙ぎする。

跳躍から体勢を立て直して、ハーティアは向きやった。倒れていた女にだ。

女はまだ倒れていた。地面に寝転がったまま、片腕だけでハンマーを振ったのだ。

奇襲をかわされて女は顔を上げた。

「……その姿勢でよくそんなの振り回せるもんだね」

舌を巻いてハーティアはうめいた。もし女が起き上がってから武器を振ったなら、もっと余裕をもって回避できただろう。しかし……

肩口に、遅れて重い痛みが染み入ってくる。わずかにかすめたのだ。打ち身で痺れて、左腕が上がらない。

起き上がった女はなにも語らず、長いスカートの下からハンマーをもう一本取り出した。そこに隠していたのだろう。最初から準備して待ち構えていた。

ハンマーは杭打ち(くいう)にでも使う市販の道具だろう。使い込まれているようだった――本来の用途かどうかはともかくとして。重さは相当だろうに、大柄ではあるが細身のその女は一本ずつ片手で持っている。軽々と、ご機嫌な奥さんが台所でおたまでも振るようにだ。

「あの御者たちもグルか。随分うまいこと手回しするもんだ。いったい何者で、なんの真似か――なんて質問は無意味かな」

「……………」

女は無視するか、あるいは言葉が通じないのか――とハーティアは半ば疑った。それくらい彼女の表情からはなにか重要なものが欠落しているように思えた。人間的ななにかが。

が、ハーティアが力なく肩を押さえて後ずさりするのを見据えてゆっくりと女は口を開いた。

「ならどうして訊く」

「時間が欲しくてね。この術、まだ不慣れで。馴染(なじ)むのにちょっと時間かかるんだ」

「どんな術であれ、魔術などよりわたしのほうが速い」

「銃弾並みだとでも言うつもり?」

ハーティアは笑ったが、女の態度からすると、まったくそのつもりだったのかもしれない。

ともあれ、なんにせよ……

（調整、できた）

痛みがなくなる。傷を治したわけではない。感じなくなっただけだ。

その瞬間、女も動いた。

文字通り銃弾並みでなければ防御術のほうが速い。はずなのだが。

ハーティアはもとより、通常の魔術でそれを防ぐつもりはなかった——もしそうしていたなら死んでいただろう。女の攻撃は掛け値なしに銃弾並みに速かったからだ。

女は右手を大きく横に振った。持っていたハンマーを投げつけてきたのだ。回転する鈍器が猛スピードで迫ってくる。

それだけではなかった。女は跳躍した。高く、ハーティアの頭上を跳び越えるほどに。

あまりに常識をかけ離れた速度だったため、ハーティアは錯覚しかけた。単に勢いでそう見えただけだと。実際にはこんな速度で動いてはいないと。理性では認め損ねた。

が、魔術によって加速した感覚では違った。本来なら、その敵はじれったいほど動き出すことはなかったはずだし、出方を観察してからでも対処できたはずだった。ハーティアは認めた。あっさりと敵を見失うところだったし、全速力で逃げても間に合わない。できることは……

ハーティアは両手を突き出して、飛んできたハンマーを受け止めた。逆らわず、その勢いを利用しながら地面を蹴る。

後ろに吹き飛ばされたおかげで女に背後を取られずに済んだ。だがぎりぎりだ。すぐ目の前に女は着地した。女にとってはその回避は意外だったのかどうか、特に動じた様子もなく女は自分の投げたハンマーをそのまま普通に掴んで取り戻した。

流れるような動きで身体を回転させる。ふたつのハンマーが続けてハーティアの顔と足元をかすめた。女の回転は止まらない。今度は首と腰を狙われた。適当に振り回しているのではない。狙いをずらし、死角を突いてきている。つまり女は勢いを利用して振っているのではない。純然と腕力で振っている。

このまま後退を続けてもいずれ捉えられる。

――ので、ハーティアは後退をやめた。

踏みとどまって待ち受ける。まずはハンマーの一発目。これは横薙ぎで胸元へ。ハーティアは肘でそれを真っ向から打ち返した。痺れるような衝撃が全身を貫くが、痛みはない。破壊もされない。完全にとはいかないが打撃に耐えた。

二発目を目で探る。が、続けて飛んでくるはずのもうひとつのハンマーが見えない。

ほとんど直感だけで理解した。女は回転をやめている。やめようとしてあっさり制動するには、どれだけの足腰が必要なのか不明だが。二発目は頭上からだった。真上からの打撃は腕で防げない。そしてもちろん威力はこれまでで一番大きい。

しかしさすがにこれだけ時間を稼げば、ハーティアも次の術構成を編み終えていた。

「雷よ！」

最大威力の電撃が迸る。

電光が女の身体を捉えた。衝撃と加熱、そしてなにより女の神経自身が電流に反応して跳ね飛ぶ。

これまで見せていた凄まじい筋力そのままに、女は見上げるほどの高度まで吹き飛んだ。初めてその女の動作について常識内の物理が釣り合い、自由落下の速度は笑い出したくなるほどゆっくり見える。

女と、ハンマーふたつがそれぞれ離れた地面に叩きつけられた。ハンマーはもちろん特に損傷もないが。女もだった。

すぐに起き上がる。まだ神経の障害が残っているのか、やや動作はぎこちないが。火傷らしい火傷もしていない。

ハーティアは肉体の強化術も解けて、反動にうめいていた。最初の肩も、肘も。激痛で麻痺している。

全身の痙攣をどうにか押さえつけつつ、ハーティアは言った。

「なんだ！　その身体能力は！……って、こっちが驚いてもらう予定だったんだけど」

　身体強化術は、黒魔術士であればおおむね誰でも思いつく。しかし実践する者が少ないのには理由がある。強化された肉体を、本来の身体能力で身に着けた格闘術と同じレベルで操作するには結局、強化された身体用の別種の訓練が必要になる。筋力が極端に違えば間合いも体捌きもすべて変わるからだ。そこまでの手間をかける価値はないと見なされている。実際、人間外の存在と戦闘する状況でもなければさほど有用ではない――あるいは人間として極限の鍛錬をした者に対抗する場合でなければ。

　ハーティアが目指したのは後者のメリットだった。もともと格闘術の成績は芳しいものではなかったので――というより、仲間にその達人がそろっていたという比較の話ではあったが――あまりみんなが手を出さない方向へと特技を求めたに過ぎない。

　今も、物騒な凶器を出した暴漢を穏便に取り押さえるためと思って発動したのだったが。結果として命を拾った。

　つまらなそうに、女はハーティアに質問した。

「そちらも、それほど驚いてはいないようだな……我らが眷属と相対したことがあるのか」

「眷属がなんだか知らないけど、予想外の事態に見舞われるのには慣れてる」

　ハーティアは苦味を噛みしめた。

実際、似たようなものと交戦した経験はあった。常識はずれで、今なお半信半疑なくらいだが。師はそれをなんと呼んでいたか——嫌な記憶を呼び覚ます。

(ヴァンパイア、だったか)

あの一件で、師が語ったことは。

血は飲まないらしいということ。

無慈悲に強大で、まともな手段ではまず敵わないということ。

そのふたつだ。役に立たない。よくよく考えてみればあの師の教えは基本的に役立った覚えがない。

ともあれ。

(あの時のヴァンパイアは魔術士だったけど、こいつは多分……違うな)

電撃を防ごうともしなかった。ハーティアの編んだ構成が見えていたなら、なにかしら対処していたはずだ。その素振りがなかった。それより先の強化術についても、正体こそ分からずともハーティアがなにか仕掛けようとしているのも察されたはずではある。

ただ逆に、女が魔術士でないのならこのパワーは魔術的手段で強化されたものではないことになる。以前のヴァンパイアの時は、所詮はなにかしらの魔術トリックだろうと考える余地もあったのだが。

女は落とした武器に未練を持つでもなく、拳を固めてハーティアを見据えていた。次手はどうするかと考えている顔でもない。ただ強く打ち据える。それだけでこと足りる。そういうことだろう。

ハーティアのほうは考えざるを得ない。

自分より強大な相手に隙を作り、急所を突くための作戦を。そんなことはそれこそ慣れっこだったが。

覚悟を決めて奥歯を噛みしめる。身構えた。

女が飛び出した。今度はとことん無策だ。真っ直ぐに直進し、拳を振り上げている。だが先ほどよりもさらに速い。武器を捨てたせいだろう。

重心の半分より多くを後ろ足に置いて、ハーティアは受けの姿勢を取った。反射神経では間に合わないため敵の攻撃は予測でかわすしかない。

突き出された拳は横に身を逸らして回避した。砲弾並みの風圧、いやもはや爆圧か。すれ違いながら敵の脇腹に、反撃を入れた。

効果はあまり期待していなかった。鍛えようもない箇所を狙ったのだが、女の身体は鉄塊じみた手応えだった。いや、肉には違いないのだが、巨獣を殴ったようなものだ。

女は気にも留めずに、突き出した拳を横に振った。ハーティアはさらに身体をよじってかわすと、今度は足を蹴りつけた。膝関節の横から挫(くじ)くように。それも効かない。

逆に蹴った自分のほうが体勢を崩した。

無理に抗しても無駄だ、と悟ってそのまま地面に転がった。二転、三転して遠ざかる。あとを追いかけて女の足が地面を踏みつけた。大地を揺るがすような衝撃で身体が跳ねる。それにも逆らわずに立ち上がった。

間合いが離れた。歯噛みする。本当は近接距離で撃ちたかったが、近い間合いでは半秒も持たないことを仕方なく認めた。

集中して解き放つ。

「光よ！」

白光が女の身体を包む。

電流とは違って今度は力を逃さず表皮から焼いていく。鉄をも熔解(ようかい)させ得る熱量をすべて食らえば、さすがに無傷とはいかない。

炎と轟音(ごうおん)が過ぎ去ると、そこに女の姿はなくなっていた。

跡形もなく消し飛んだのか。そうであってもおかしくない威力を込めたのは自分自身だったが、その光景を見て初めて悪寒(おかん)が走った。

（やったのか、ぼくが……？）

安堵すべきか後悔すべきか、それを決める時間すらなく、すぐに地面が爆ぜた。

どん、と土柱をあげて地中から、女が起き上がった。

熱衝撃波を食らってすぐさま、土中に潜ってやり過ごしたのだ。

長い髪を振って、土と小石を払いのける。やはり無傷ではない。衣服の半分は焼け焦げ、肌は焼けていた。

通じてはいる。やはり、肉体を持った生物であることには違いない。致命傷を負わせる難度が高いというだけで、不可能ではない。

考えてハーティアは、さらに苦味を増した口の中を舐めた。アドレナリンか、あるいは転倒した時に砂が入ったか。今気にすることでもない。

そんなことよりも、

(……致命傷、か)

これもひとつの魔術士の宿業なのだろうが。

人を殺すということと、急にこうも切迫して向き合う羽目になるとは。

(落ちこぼれて《塔》を出て……惨めさに耐えきれずに支部も出て……殺し合いか。ここまで堕ちるとはね。四十七日で)

だが、まだ下がある。あと数分かからずに自分のほうが物言わぬ死体になるかもしれない。

そこまで堕ちる気がないのなら、敵を殺すしかない。そういう状況だ。

なによりぞっとするのは――

(殺すのをそんなに恐れてないな、ぼくは)

もしこんな時が来れば、もう少し倫理的なレベルで戸惑うかと予想していたが。頭に浮かぶのは単に手段として相手をどう破壊するかだけだ。

しかもそれが思いついてしまう。

「螺旋(らせん)よ！」

続けざまに、ハーティアは術を放った。

腰をかがめて地面に触れる。その場所から地面が砕け、モグラの掘り跡のように破砕が女のほうへと向かっていく。

同じく最大威力の破壊術だが、当たれば物質を伝播(でんぱ)していく自壊連鎖だ。さっきとは異なり、土に潜ったくらいで回避はできない。

術の性質を見破ったわけではないだろうが、触れてはならないことは当然察しただろう。女は跳躍してハーティアの術をまたぎ越えた。そのまま拳を固めて突進する。

ハーティアはその場に踏みとどまって叫んだ。

「光よ！」

掲げた手から白光が閃く。

女はまた地面に潜ろうとしたのだろう。足元に拳を叩きつけた。

そして瞬時に地中に姿を消した。恐らくは、女が意図したよりも遥かに速く、スムーズに。

もとよりこの短時間で渾身の破壊術は連発できない。ハーティアが二発目に放ったのはただの光だった。まぶしいくらいで害はない。

そして自壊連鎖のほうにもトリックを仕掛けていた。女のほうに向かっていった破砕跡は見せかけで、本当に破壊したのは、ちょうど今、女が潜ったその地下だ。

女が身を潜めたその下は直径……おおむね女が両腕を広げても届かないくらいの目安で縦穴が開いている。深さは、とにかく可能な限り深く。どのくらいできるのか試したことはないのでハーティア自身分からないが、数十から百数十メートルというところか。

ハーティアは構成を編みながら、その穴の縁へと駆け寄った。必死に練り上げる。それこそ全力で。

穴は真っ暗で、女の姿は見えない。その奥に向かってハーティアは声をあげた。

「怒りよ！」

闇の向こう側へと、不可視の空間渦が集束していき――

静寂を挟んで。

地鳴りどころか火山の爆発のように一帯を揺るがした。ハーティアの身体が数歩分も吹き飛ばされるくらいに大地が噴き上がる。

そしてその爆発が収まると、穴は消え失(う)せていた。何トンもの土砂を崩して穴を埋めたのだ。

「…………」

立ち尽くして、ハーティアは待った。物音が聞こえないか。変化はないか。待ち受ける。あの女の力であれば、あるいは土砂を押しのけることは可能なのかもしれない。しかし短時間では無理だろう。数分間かかるのであれば、そして飽くまで人間であるのなら、窒息死するのではないか。それに賭けた。

あがっていた息が次第に落ち着いていくのをハーティアは数え上げた。最後に大きなため息をついて胸を撫(な)で下ろす。

「うまくいったか……」

死体も残さずやってのけた。心痛も動揺もない。

その代わりに高揚もないが。

とはいえ、一件落着でもない。

ハーティアは向き直った。かけすぎたというほど時間がかかったとは思わないが、それでも馬車はもう見失ってしまっていた。

だが、追いかけようとしたその瞬間。

とんっ……とあまりにも軽い音が背後に降り立った。

その時に初めて悪寒が走った。理解した。殺し合いということの意味を本気で知った。善悪など思い浮かべたこと自体が的を外していた。最大の問題はもっと表層にある。敵を殺そうとして殺し損ねたならば、殺されるのは自分だということだ。

そして殺したと思った相手が生きて背後に現れる、命運尽きるというのはそんな時だ。

振り返らずに受け身の姿勢を取った。首だけ失わなければ幸いだと覚悟を決めて、敵の反撃を受ける。今度は右肩に衝撃が走った。身体ごと浮いて吹き飛ばされる。

何回転も地面を転がって、失神寸前で勢いが止まった。いっそ気を失ってしまいたかったと思うほど全身が痛みで痺れる。動けなかった。

倒れたまま頭を回すと、女の姿が視界に入った。悠然とハーティアを見下ろしている。さすがに無傷というわけではない——火傷に加えて右腕がねじれて折れている。ハーティアの視線に気づいて、彼女はその折れた腕を上げてみせた。

「フッ……なかなかやるではないか。これは敢闘賞ものだ。卑しい平民にしては」

「どうやって……」

ハーティアの苦悶（くもん）を、女は味わうように眺めまわした。

「ただ飛び上がっても出られそうにない深さだった。お前は当然、わたしを生き埋めにしたいのだろうと思ったからな。その機を逃さなかった。地上までは届かずとも、お前の術を掴むところまでは跳べた」

「術を掴む……？」

なにを言っているのか分からなかったのは、その発想があまりに人間離れしていたせいだった。

しかし素直に呑み込むなら、答えはひとつしかない。ハーティアは息を震わせた。

「まさか、空間爆砕の威力を手で押さえて……その爆圧で脱出した？」

「そうだ。思ったより高く跳び過ぎたし、腕も砕けた。褒めてやろう。予想以上の威力だったぞ」

「そんな真似、ドラゴン種族じゃあるまいし……」

言われて女は、吹き出した。

「ハハッ。もちろん。ドラゴン種族ごときではない。我々が仕えるあの御方（おかた）は、奴らの聖域をも――」

そこまで喋（しゃべ）って急に女は口をつぐんだ。自分で口にした言葉で、大事なことを思い出したようだった。

「そうだ。お前のようなものに手間取って、わたしとしたことが……こんな醜態、あの御方に知られては一大事だ」

楽しげですらあった態度を切り替えて、忌々しそうに折れた右腕を見下ろす。

そしてその顔を、馬車の去った方角に向けた。

「急いで片づけねばな」

（あの派遣警官を狙っている……？）

ハーティアは察して、声をあげた。

「じゃあ騎士団の捜査官ふたりを殺したのは、お前なのか」

「捜査官？　知らん。邪魔であれば踏み潰すだけ。すべては大願のため……」

「力があって、目的があって、上司を慕ってもいる。高給取りなのかな。福利厚生は？まあエリートさんは休みなんて欲しくないか」

「？　なにを言っている」

「別に。ただちょっと、ムカつくってだけだよ」

口を尖らせてハーティアは、最後になるかもしれない術に集中した。

（空間爆砕は腕をへし折れた。なら、首を狙えば折れる）

大破壊術でピンポイントの狙いをつけるのは、一流の術者でも並大抵のことではない。ましてや相手が相手だ。接触するほどの近距離からでならどうにか可能だろうか。ただ先ほど試したように、この敵に近づいて生き延びることはできそうにない。

うまくいっても死と引き換えになる。よく知らない警官のために犠牲になれるかと問われれば、ハーティアは否定しただろう。だがむしろ、このちょっとしたムカつきのためなら死ねるかもしれないと思っていた。

本気だった。それを踏みとどまらせたのは怖気でも思い直したからでもない。

触れている地面からなにかが聞こえてきていた。

遠くから近づいてくる、打楽器のようなリズミカルな振動。

顔を上げると姿も見えた。道の遠くから走ってくる白馬と、それを駆る人影……

遠目でも分かる。さっきの執事だった。

執事は器用に馬を操ると、女の手前で優雅に停止した。

「ひーほー！　どうどう」

首を抱いて白馬を落ち着かせる。

のだが。馬は女をよほど怖がっているのか、嘶いて足を踏み鳴らす。

「どうどう」

執事はなおも続けるが。

馬は頑なにその場にとどまろうとせず、後退りする。

「どうどう」

まだ。

「どうどう！」

落ち着かない。

「どーう！　どーう！」

大声になっても効かない。

「びーむ！　びーむ！」

執事が謎のポーズを取ってしぶしぶ馬は聞き分けたようだった。特に光線は出てないが。

しばらく馬とにらみ合ってから、執事は向き直った。

「どうも！　殺し合ってますか？」

「…………」

「…………」

女、ハーティアともに、どちらに言っているのか判断つきかねて数秒待った。

キースはゆっくり繰り返した。

「激しく殺し合ってますか？　自然破壊も伴うほどに？」

ハーティアはあたりを見回した。

倒れて動けない自分。平然としているものの火傷や外傷だらけの女。一度地下から爆破され、荒れ地となった一帯。

あとついでに、キースの背後で凶悪な目つきをして唾を吐いている白馬も含めて良いのか分からなかったが。総合的にハーティアはうなずいた。

「まあ、そうですね」

「そうでしょう、そうでしょう。殺し合うでしょう。なんとなく特に理由もないのに血みどろでしょう」

「いや、ぼくは襲われて、必死こいてこいつ食い止めてるところなんですけど……」

なんでこの執事がもどってきたのかも分からないし、白馬もよく分からない。そもそもこの襲撃がなんだったのか分かっていない。ハーティアは抗弁したのだが。

キースは気にせず続けた。

「日々の殺し合い、忙しいですね。ご苦労様です。しかしそうした中、不足しがちなのはなんでしょう。そう。愛です」

「愛」

「忘れてはおりませんでしたか？　愛です。思いのひとつは無力でも、世界に満ちれば心をひとつにつなぎます」

「そういうのじゃないんじゃないかな。目下、邪魔者は踏み潰す宣言出たとこだけど」

「さあ！　この干涸(ひから)びたスポンジのごとき荒野を甘ったるぅい汁で浸しましょう！　さ。あーいといったら」

手を叩いて拍子をつける銀髪執事に、ハーティアはうめいた。

「そんな飲み会の感じなんだ」

「あーいといったら」

「換金が難しい」

「ヒュー」

「その反応あんまりもらったことなかったな」

「あーいといったら」

今度は女のほうを向く。

「え」

女はもちろん、まだ〝さあ、始末をつけようか〟という段階のまま固まっていたのだ。

白馬に乗った執事が帰ってきたところからまったく動いていなかった。動きようもなかっただろうが。

「あーいといったら」

キースはキースで平然と手を叩いている。

しばらく戸惑ったのち、女は答えた。

「あ……あの御方」

「おや」

と、キースは急に手を止めた。額を押さえてかぶりを振る。

「困りましたね。ルールは守っていただかないと」

「ルール？」

「答えをぼかすのは興ざめというもの。はい、あーいといったら」

「だ、だから、あの御方だ」

「あーいといったら」

「それは……言うのは許されん」

「口にするのも恥ずかしいお名前なのですか」

「ち、違う！　あの御方の名は、許可なくば——」

「いえ、お忘れください。ただ愛するものについて、胸襟を開いて語りたかっただけなのです。人様の恥部を無理強いするつもりはございませんでした。深くお詫びいたします」

「我々の忠誠は恥ずかしくなどないっ！　決して！　決して恥ずかしいものではない！」

　真っ赤になって否定し、女は無事なほうの拳を震わせた——いや、砕けたほうの拳すら無理やり握りしめていた。

「いいか！　我々が名を秘すのは、まだその時ではないからだ！　ただそれだけだ！　恥ではない！　恥では！　恥だけは絶対に！　ない！」

（恥……）

　単に怒っているにしては激しすぎると、ハーティアは考えていた。

　急に女が態度を変えたのは、恥と聞いてからだ。なにか特別な意味があるとでもいうように。

「……ヴァンパイア……恥の名前……」

　ぶつぶつと思わず口に出る。

　いくつかの言葉が、学んだ記憶の中でつながった。

「そうだ。最初期の豪族だったのに、わいせつ行為が過ぎて御家断絶になったのがヴァンパイア家……」

　最初に王家に反旗を翻した家名として、のちに反逆者や怪物の代名詞、語源になった名前ではある。ただの雑学だ。役に立つような話でもないが。

だがつぶやきを聞いて女が黙り込んだことで、ハーティアは自分がなんらかの急所を突いてしまったのを察した。

「ブラディ・バースだ」

雹（ひょう）のように冷たく、霧のように静かに。女が告げた。

それは警告だった。

「我々はブラディ・バース。ヴァンパイアと呼ぶな。王家が反逆者を辱めるためにつけたヴァンパイアという名を使うな」

と、舌打ちして言い加える。

「言ってしまった。許されていないのに」

しかし思い直してまた感情を押し隠した。

「そうか。どうせこれから殺すのだった。ならば些事（さじ）だったな」

「ばかーっ！」

女の顔を執事が平手打ちした。

音は派手だったが、女は微動だにしていない。ただ面食らいはしたようだ。目を見開いて執事を見ている。

その執事はくねくねと身をよじって声を張り上げた。

「いつもそう！　そうやって投げ出してばかり！　両手を広げて迎えてくれる人もいるって気づきもせずに！」

涙を流して訴える彼に、女は言い返しかけた。

「いや、その」

「恥にまみれたって！　罪を犯したって！　そう、あなたが悪い人でも、やり直せるのよ！　ただひとつ、愛を受け入れることさえできれば！」

「そんな」

戸惑う女に、執事は急にくるりと涙ひとつない笑顔を見せた。

輝く白い歯で微笑み、一礼して懐から一輪の薔薇(ばら)を差し出す。

「愛は人生を手に入れるためのもの。結婚してください」

「まあ、そんな……」

薔薇を受け取って女が頬を染めるのを、離れた地面から眺めて。

ハーティアは他にどうしようもなく、こう言った。

「マジかよ」

しかし遠巻きのつぶやきなどもはや聞こえてもいないだろう女と執事は、寄り添うよう

に身を近づけた。

キースは両腕を広げて……

そして謎のポーズを取った。

「ビーム！」

叫んだところで光線など出るはずは——

出た。

衝撃波と熱風が大気を激しく鳴動させる。キースがクロスした腕から莫大な光の渦が迸り、至近距離から虚を突かれた女は逃げ出すこともできずその光に呑み込まれた。

縦に、横に、爆発は複雑怪奇に入り組んで標的をかき混ぜた。そして……

ほぼ黒焦げになった女は、その場に倒れた。

それを見下ろして執事が告げる。

「悪は決して許しません」

「えー……」

ハーティアはもう意味のあることすら言えず、とにかく起き上がった。ようやく回復してきたのだ。負傷もひとまず、動ける程度には術で修復した。

もはや女のほうは気にも留めずに執事は訊ねた。

「どうかなさいましたか？」

「いろいろとそんな馬鹿なとは思ってるけども、まあ助かったんだからいいよ……」

死に損なったとも思わなかった。考えてみればそもそも別に死にたかったわけでもない。

（自滅すらしたくないんだ。面倒で。それが問題かもな）

と、女を見下ろしてぞっとする。窮地にのぼせ上がったアドレナリンも、数呼吸でもとにもどってしまう。そうなれば死はまた妄想の遠くへと距離を空けるだけだ。ぶすぶすと燻る女の焼死体はあまりに現実味もなく、ただただ残酷だった。

ゆっくりと、ハーティアは視線をずらしていった。執事を見やると、笑顔で馬を撫でつけている。

「はっはっ。どーうどーう」

「ひぃん♪」

馬は（ビームを見たせいだろうが）ちょっとどうかというくらい卑屈にキースに懐いていた。

（いや、他に仕方なかったとは思うけど……なんなんだ、こいつ）

ハーティアは静かに口を開いた。

「あのビーム」

「なんでしょう」

振り返ったキースの顔には、なんの後ろ暗さも残っていない。

躊躇いなく人を黒焦げにしたということよりも、これから嘘を——少なくとも隠蔽したことを——糾弾されるのを予感していないわけがないというのにだ。

ハーティアは断定した。

「魔術だった。あなたは魔術士だ」

「いえ、執事ですが」

「魔術士だ。それも一流以上の。どこで学びました？」

問い詰められても執事は泰然としたものだった。

「すべては《岬の楼閣》で身に着けました」

「聞いたことがないな」

「執事職の養成所です」

「モグリの魔術士であるなら問題だ」

「どういった問題でしょうか」

「強力な術者が管理を外れて気ままに振る舞えば、魔術士社会全体の危難にもなる」

「そうなのですか？」

「たとえば今回の事件だ！」

とぼけた顔の執事に、腹立ちまぎれにハーティアは腕を振った。

「ぼくは容疑者にモグリの魔術士はいないと断言した。それは、管理が盤石なのが前提だ」

「では、わたしが容疑者だと？」

「……そういうことじゃない。魔術士が勝ち得た信頼は、組織の努力の賜物だってことだ。今のことだって、同盟員でなければ正当防衛も成り立たない――」

言いながら女の死体をまた見やって。

そこでハーティアは息を引きつらせた。

女は動き出していた。肘をつき、手をついて、半身を起き上がらせようとしている。生まれたての鹿のように不器用にだが。

焼け焦げて血まみれになった身体は、ひび割れるようにして傷の下から真新しい赤い肉を盛り上がらせている。か細く声もあげていた。

「ダマシタ……コロス……コロス！」

「………！」

ハーティアは後退りした。あれほどの強靭さであれば殺し切れないことはあり得ただろう。しかし女の容体は、どんどん回復しているように見える。こうなるともはや人間と思うことすら難しく、同情心も吹き飛んだ。

「なんだってんだ。どいつもこいつも」

「前が見えないうちに、逃げたほうがよろしいかと」

キースは軽やかに白馬の背に飛び乗る。

「まったくもう！」

毒づいてハーティアも後ろに乗せてもらう。

「ひーほー！」

手綱を操り、キースが馬を走らせた。

迷いなく馬が進む間、ハーティアは後ろを睨み続けた。ヴァンパイア——いやブラディ・バースとやらが口惜しげに叫ぶ声を聞きながら。

5

ブラディ・バース・メッサは視力を失った眼(め)で、それでも憎い標的の痕跡を捉えられないかと左右を見回した。

こうしたまま恐らく小一時間は経過しただろうか。まだ身体は半歩よろめくだけでも激痛が走り、なにも見えないままだ。それでも傷ついた身体にはかえって活力がみなぎり、視界もいずれは回復しただろう。

しかし必要なのは今だ。つまらない虫けらをひねりつぶすのには、たった今敵が見えなければ意味がない。彼女は祈った。必要な力を得るために。世界の覇者たるあの御方のために、全細胞でお役に立つと決めたではないか！

あまりに全力で祈ったため、不意に目が開き、あたりが見えるようになっても、メッサは不思議に感じなかった。当然だ。この身体はそういうものなのだ。愛が足りてないだと？　あのわけの分からない男め。愛もなしにこの力が出せるものか――

だがその高揚感は、見開いた目に最初に映ったものを見て、さっと引いた。

そこに立っていたのは、剣を背負った白い男だった。

白髪、そして透けるような白い肌、それだけではなく眼の虹彩も淡いグレー。しかしひ弱ではない。むしろ体格のがっしりした大男といえた。長身のメッサが、その男の前では急に自分が小娘になったように感じられた。

いや、実際なっていたのかもしれない。

女は自分に可能な最大の速度で、その場に平伏した。そしてその速度から、もはや自分の身体に傷ひとつ残っていないのが分かった。自前の回復力ではない。男が治してくれたのだ。

「ケシオン様！」

声をあげた瞬間、女は殴り飛ばされた。

男は軽く腕を振るっただけだ。だが女は十数メートルは吹き飛ばされた。

気を失うことなどは許されない。女はすぐさま起き上がると、元の場所に駆けもどって同じ姿勢で平伏した。もし手間取って、男がさらにこれ以上機嫌を損ねるようなことがあれば……

メッサは目の端で男の背負っている剣をのぞいた。がくがくと身体の震えが止められない。

男はつまらなそうにこう言った。

「口が軽い」

「はっ！」

「それだけではない。我がここに来るまでに、きちんと死体を揃(そろ)えていてもらえると思っていた」

「申し訳ございません！」

「虫ひとつ潰せず醜態をさらしていた理由を申せ。我を納得させせよ」

「そ、それが……」

これから自分が口にする言い訳が果たしてその御方を得心させるものか。

答えは分かっていても、メッサはそのまま白状した。まさか嘘をつくことなど思いつきもしない。

「魔術士が！　おりまして……思いのほか手強く」

「……魔術士」

男は口の中で繰り返した。

「魔術士とは、紛い物のほうか」

「は、はい……黒、です」

ますます頭を下げるメッサに、男は手をかざした。

途端に。

「……！　う……が……アアッ！」

メッサは蘇った激痛に悶えた。治っていた全身の火傷が、また一番ひどい状態までもどっている。

それでも、反射的な理解で、どれだけの痛みがあろうと平伏の姿勢を崩すわけにいかないと、メッサは察していた。苦しみながらも男の姿は見える。彼女の頭部だけは無傷のままだった。言い訳を続けさせてくれる、男の慈悲だとメッサは本気で感謝した。

「卑怯な手を使われたのです！　奴ら、我々をヴァンパイアなどと呼び——」

「心を乱して後れを取ったのか」

「もう一度……！　もう一度機会をお与えください！　そうすれば」

「しかしなあ、メッサよ」

男は背負った剣の柄に手をかけた。ひれ伏しているメッサからは見えなかっただろう。

「我は失敗しない者に頼みたいのだ」

言い終わるまでに彼は、剣を一閃させていた。

そして音もなく刃を鞘に納める。急ぎ過ぎるほど速く。その剣を長くは抜いていたくないように。

刃はなんの抵抗もなくメッサの身体を通り抜けた。そして……

剣は一度しか彼女に触れなかったはずだ。だが刀傷はふたつ、その身体に刻まれた。出血はない。メッサは苦痛どころか自分が切断されたことも知覚しなかったようだ。

肩から腹へ。そして下腹から胸へと、挟み込むような創傷がまるで生き物のように蠢き、そして重なろうとした。その時に初めて彼女は変化を知った。理不尽な力で身体が折りたたまれる。傷が広がり、身体を呑み込んでいく。

やがて身体よりも傷が大きくなると、それはもはや個人の身体の傷ではなく、空間そのものの疵だけが残った。世界に刻まれたふた筋の亀裂だ。

メッサを呑み込んでからもその疵は、まだ食い足りないかのようにそこにいたが……獲物がもうないと悟って、ゆっくり閉じていく。

閉じゆく亀裂の中に向かって、男は囁いた。

「ヴァンパイアでも良いではないか。我はそれほど不快ではない……使えないグズな手下よりはだ」

疵が完全に消えるまで、男は佇んで待っていた。

そこに、頭までマントを被った人影がふたつ、近づいてくる。

道の遠方から。かなりの距離があったはずだが、歩いているようでいて素早く。男はふたつの影を見やって嘆息した。

頭数を数えたのだ。

「アイリス・リンはいまだ参集に応じぬか。小生意気な……」

「早く始末するべきかと」

マントの人影のひとつ、背の低い男がそう答える。

男は首を振った。

「我々の襲撃を待って、山にこもっているのだろう。抗戦できるつもりでいる。なめてくれたものだが、確かに我らとて無傷では勝てん」

もうひとりのマント姿が声をあげた。こちらは女だ。

「大願を叶える時には、尻尾を振って現れるでしょう。そういう女です。その時にやれば
よろしいのでは」

「そうなのであろうな」

と、男は向き直った。道の続く先、つまりは標的が逃げ去った方角だが。

「まずはやるべきことからだ。よもやお前たちはしくじるまいな？　相手は、たかだか魔
術士もどきらしい」

「はっ」

ふたり同時に返事をした時には、三人ともがその場から姿を消していた。

疵ももはやなくなっていた。風が吹き、土煙が舞った。

6

馬車は停まらずに進み続けていたようで、しばらく馬を駆けさせても追いつかなかった。

手綱だけで鞍も着けていない裸馬にふたりで乗っているのだから、馬も人間もともにつらいが。それでも足を止める気にはなれなかった。

とはいえ、馬の体力から速度を落とさないとならない頻度はどんどん増えていった。ハーティアとしてはもどかしかったが、馬が倒れれば元も子もない。無論、焼かれて倒れたあの女がすぐに追いかけてこれるようになるとは思わなかったが、それでもハーティアは何度も振り返って後方を警戒した——今のところすべてにおいて、あの敵は予想を上回ってきたからだ。

(冷静になってみると……あれは本当になんだったんだ?)

前にヴァンパイアなるものに襲われた時も、結局その力に圧倒されただけで正体は理解できないままだった。

現実とも思えず、なにかしらのトリックを疑うが。タネが見えないのでそもそも起こった事態そのものを忘れたくなる。

(ドラゴン種族の聖域をどうこうって言いかけてたな。あのへんが絡むなら、桁の違うことも全然あり得るけど)

聖域はかつて、人間種族を教化し導くだけではなく、実験や改造まで行っていたと言われている。というかその成果のひとつが魔術士なのだが……

教導がなければ人間種族がこのキエサルヒマ大陸を支配することもなかったろう。が、それはそれとして歴史の暗部でもある。王家や貴族はその時代、聖域と取引して実験材料を提供していたと考えられているが証拠は残っていない。聖域と交渉していた秘密の組織もろとも闇に葬られたらしい。なんにしろ遠い昔の話だが。

激しい揺れのせいで話もできず、ハーティアはただ考えを巡らせた。最初は騎士団、貴族連盟ときて、謎のバケモノだの聖域だのまで話が飛んだ。まだ犯行現場の入り口にも着いていないのに風呂敷が大きすぎる。

（おまけに）

と、しがみついている背中を睨みつける。

（執事だって？　こいつも微妙に謎だよな。とりあえず一番分かりやすそうなこいつから解決しよう……）

落ち着きさえすれば執事の出自程度、すぐ問いただせるはずだ。難しいことはなにもない。謎というほどもないような話だ。きっと。

結局、馬車に追いついたのは目的地のイバンコダだった。小休止を挟みながらも夜を徹して走り、明け方、ぼんやりした陽光が不思議と眩（まぶ）しく見える頃合い、門をくぐる。

地区というより王都の中にあるひとつの村という様子だが。市内交通の要所で、周りの田園とはまた雰囲気が違う。馬車が集まるからなのか、路面も舗装された石造りの街並みだった。商店や宿もある。

「いててて……」

腰を押さえて馬から下り、ハーティアはうめいた。さすがにもう乗っているより歩いたほうが楽だと思えるくらい、乗馬疲れしていた。

「無理をしすぎたな」

そのつぶやきが耳に入ったように、白馬が不服そうに鼻を鳴らす。

ハーティアは苦笑いした。

「そうだな。無理させたのはお前のほうか。助かったよ。ありがとう」

馬を連れ、馬車の待合場に入っていった。まだ人の少ない時刻だが、待機している馬車は数台あった。そのうちの一台に目をつけて近寄っていく。

キースが淡々と当たり前のように目星をつけたことに、ハーティアは少し驚いた。

「どの馬車だか見分けつくの?」

「黒魔術士殿は分かりませんか?」

訊き返されて、ハーティアは首を傾げた。

「外観なんてそんなに見なかったしね。御者もどんな顔だったっけ。男だったよね。だから記憶にない」

「そうですか」

と、あまりつっこみもせず進んでいって、ハーティアもさすがに向かっている馬車が他と違っていることが分かってきた。あるのは主に二頭立ての馬車だが、その馬車には一頭しかつながれていない。一頭だけで馬車を引いてきたらしく、その馬もかなり疲労困憊（ひろうこんぱい）しているのが見て取れた。

「……あれ？」

ハーティアは、まず疑問を感じ、そしてその疑問そのものにも不審を覚えた。考えてみればそうだったのかもしれないが、あり得ないので思いつきもしなかったのだ。

「あの、この馬って、馬車ひいてた馬？」

白馬を指して訊ねる。

キースは意外なことだとばかり、うなずいた。

「それはそうでしょう。他に馬おりましたか」

「いや、言われるとそうなんだけどさ……白馬じゃなかったよね」

男の顔は覚えていないとしても、さすがに白馬なら記憶に残っていたはずだった。

しかしキースは淡々と答えた。ただおよそ、ハーティアの想定にはまったくない答えだった。

「白くしました」

「どうやって」

「説得しました」

「………………」

それが返答になるのかどうかという次元で、ハーティアはしばらく考え込んだ。

「説得？」

「今日のところは白くなってくれと。ここはひとつ。呑んでくれと。ビッグになってから見返せばいいじゃないかと。そうやってロックになっていくんだと」

「……ええと」

キースがあまりに当然という話し方をするので、根本的なものが揺らぎつつ、とにかくハーティアは質問を繰り返した。

「いろいろ言いたいけどとりあえずさ。なれんの？」

「逆に他人が無理やり白くできますか？　当人の自覚。それが治療への第一歩なのです」

「えー……」

他にしようがなく、ハーティアは横から馬の顔を見上げた。しかし馬は語らない。今はわりと本当に語って欲しかったが。

（魔術……で……まったく不可能ってわけでも……ない、か？　ちょっととんでもなく高度だし、やれたとしてもやる意味がまったく分からないけど……）

考えをまとめる間もなく――というよりまとまること自体なさそうな話ではあったが、とにかく御者ふたりが暗く佇む馬車のもとに着いた。

「どうも、ごきげんよう」

とキースが呼びかけると、御者たちはかなり意外そうにため息をついた。

「よくぞご無事で……」

彼らの態度にハーティアが眉根を寄せていると、キースが肩を竦めてみせた。

「おふたりは脅迫されておられたようで」

「あのバケモノに？」

「あのバケモノたちに」

歳を取ったほうの御者が、身震いしながらつぶやく。

ハーティアはますます顔をしかめた。嫌な予感だ。まったくもって。

「たち」

「四人いたそうです」

キースは馬の手綱を、若いほうの御者に返した。

ついでに訊ねる。

「描いていただけましたか？」

「は、はい」

と、引き換えにメモ帳とペンをキースの手に押し返す。

メモ帳とペンは恐らく、派遣警官の持ち物だったのだろう。彼に預けて、描かせていたというのは――

「ふむ」

一瞥して、キースはそれをハーティアに手渡した。

見ると一枚ずつ、四人の人相書きが描かれている。ひとりは女で、昼に遭遇したあの女に間違いない。その出来からすると、それぞれそれなりに描けてはいそうだった。

ただしそのうちふたりはマントを深く頭まで被っており、体格くらいしか分からない。ひとりは背の低い男で、もうひとりはスタイル良さそうな女。

残るひとりは人相書きがなくとも出会えば分かりそうな特徴ではある。白髪の大男。背中に物々しい剣を背負っている。

（これ全員があの女と同じモノだとすると……）

絶望を覚えてハーティアはページを閉じた。

ちらと御者たちを見やる。

「……このイバンコダ行きの乗り合いじゃない馬車は、あなたたちしかいなかったわけですね。だから見当をつけられた」

「はい」

「脅されてたっていうけど、結局ぼく以外を連れて逃げちゃって、それで大丈夫だったんですか？」

「いや、その」

若い御者が口ごもった。言いづらそうに続ける。

「……つまりですね、もちろんそれじゃ大丈夫ではないんで……途中で、その、ふたりも追い出そうとして」

コンスタンスとキースのことだろう。執事のほうを恐ろしげに見てから、さらに震え上がった。

「そ、そうしたら――」

「ああ、まあ分かったよ」

相手は話したくて仕様がないという顔だったが、面倒になってハーティアは遮った。この執事は魔術士だし、コンスタンスもエリート捜査官だ。素人ふたりが返り討ちにされるのも一瞬だったろう。

「あああああ、お、恐ろしかった……」

「あんなもの……あんなもの、耳から脳ほじって記憶を削り取りたい……こんなもの抱えて生きていたくない……」

頭を抱えた御者ふたりの怯えようは、なんだか大袈裟すぎる気もしたが。ハーティアは関心なく、話を先に促した。

「それからこっちに引き返してきたわけだ」

「はい。馬を白くするのに時間がかかりましたが」

「じゃあもうちょっと早く来て欲しかったよ。言っても許されると思うけど」

「しかしプロポーズする可能性を考えたら白馬でありませんと」

「その可能性がよく分からない」

とりあえず置いておいて、ハーティアはつぶやいた。

「ともあれ警官を殺すようなイカれた奴らなら、また妨害っていうのは想定してたけど……いくらなんでも襲撃が早過ぎる。派遣警察隊に内通者がいるのは間違いないだろうね。

で、警察隊といえば」

　あたりを見回し質問した。

「彼女はどこに？」

　コンスタンスは馬車にいない。御者たちのさっきの様子では、どこかに置いてきたということはなさそうだが。

　と、狙ったように声が聞こえてきた。

「キースー」

　ぱたぱたと走ってきたのはコンスタンスだった。

　彼女は通りの向こうにある建物から出てきたように見えた。宿の看板が出ている。そちらを指さしながら、彼女は言った。

「宿を決めたわよ。こんな時間だから鬱陶しがられたけど」

「はい。ではお荷物は運びますので、おふたりは先にお休みくださいませ」

「ぼくのはいいよ。自分で運ぶ」

　ハーティアは遠慮したが、執事は首を振った。

「お気になさらず。黒魔術士殿は特にお疲れでしょう」

「…………」

それはあなたもでしょ、と言いかけてハーティアは口をつぐんだ。キースの顔には疲労どころか埃(ほこり)ひとつついていないように見える。

そうなると心が挫けた。実際、かつてないくらいに全身のすべてから痛みと重さを感じた。ただきつい戦いだったというだけではない……命がけだったのだ。その緊張から解放されてかえって疲れるという類のものだった。当然馬上で寝られるはずもなかったので、気を抜くともはや意識も危うい。ハーティアは曖昧にうなずいて、任せることにした。

「じゃあ、頼むよ」

「はい」

キースを残してコンスタンスと宿に向かう。

コンスタンスが、ハーティアの顔をそれとなくのぞきながら訊ねた。

「大変だったのね」

「まあね」

「襲ってきたっていう敵はどうしたの？」

彼女は意外そうだった。

そうか、とハーティアは察した。当然、暴漢のひとりくらい簡単に取り押さえて然(しか)るべきだと彼女は考えていたのだ。それはそうだろうし、それができればこの事件は恐らく解決していた。

「捕らえられれば良かったんだろうけど、無理だった」

「本当に？　やっぱり相手も魔術士だったってこと？」

「魔術士ではなかった……けど、説明が難しいな。他に仲間もいるようだし、ぼくやあなたの執事だけで手に負える相手じゃなさそうだ」

ハーティアの言葉に、コンスタンスは奇妙に顔をしかめた。

「キース？　なんで数に入ってるの？」

「え。彼も魔術士だろう」

「魔術士？　うちの執事が？　なんで」

まったく寝耳に水という顔だ。知らなかったらしい。

少し考えてからハーティアはかぶりを振った。会話すら難しい。

「いや……やっぱりちょっと疲れてるかな。自分がなに言ってるかも分からなくなってきた。ひとまず眠らないとなにも考えられそうにない」

それで話を打ち切った。

コンスタンスは豪勢に、ひとりずつ個室を取っていた。襲撃を受けたことを思えば、この際三人でひと部屋にいたほうが良いのだが。ハーティアはそんなことを主張する気力もなく、すぐにベッドに潜り込んだ。

眠りはすぐに訪れた。

長い夢を見た。ほとんどは、山のように巨大化した女に嬲られながら、紙一重で逃げ続ける悪夢がずっと続いた。なにが悪いのかといえば、襲われていることではなく、ぎりぎりでそれを逃れ続けていることだった。あの岩のような拳に当たれば目が覚めると分かっている。なのに自分が弱すぎ、軽すぎて、風圧に押されてしまって女の拳は永遠に当たらない。いつまでも終わらない。もうやめてくれと叫んだ。殴るのをやめてくれという意味でも、逃がされるのをやめてくれという意味でもないことだけは分かっていたものの、なんのためかはどうしても理解できなかった。

長くうなされたわりには、目が覚めるとまだ昼前だった。

負傷の後遺症はほとんどなかったが、疲れはまだ四肢から抜けていない。頭だけはすっきりしていた。

長い吐息をして、ベッドに座ったまま額を押さえた。横目で見やると扉のわきにハーティアの旅行カバンが置いてある。

（あの執事が置いていったんなら、寝ているところを見られたな……）

別に構わないのだが、寝言を言っていた気がして、それが気がかりだった。

もっとも、今さら恥も外聞もないかと思い直すが。

しばらく気落ちをやり過ごした後、立ち上がって窓から外を見る。閉めたままだったカーテンの隙間から通りを見下ろす。人通りは多い。移動する者が多いといっても王都内を行き来するのがほとんどで、旅行者らしい者はそんなに見当たらない。そもそも旅行者ならこんなになにもないところではなく、もっと華やかな繁華街か、いくらでもある観光名所を巡るだろう。

もちろんハーティアが警戒したのは、通りに怪しい人影がないかだったが。それらしい者はいない――か、もしくは見分けがつかない。どのみちあの御者らがまた誰かに話を漏らせばこの宿もすぐ特定されておかしくはなく、これからはいつでも次の襲撃があり得ると考えるべきだろう。

警戒しながら敵の正体を探っていくしかないが。

その次の襲撃というのが激しく問題だ。また運よくしのげる保証はない。なるべく早く背後関係まで突き止めれば、あとはあの部長刑事に丸投げしても良いだろう。それ以上の働きをする義理はない。

と。

ノックの音で振り向いた。

「起きてる？」

コンスタンスの声だ。ハーティアは返事した。

「うん」

扉を開けると彼女と執事が部屋に入ってきた。

泊まるためだけの手狭な個室で、ベッドの他には椅子とテーブルがひとつずつあるだけだ。余計な人が入るには狭いので、ハーティアは旅行カバンをベッドに上げた。ついでにカーテンを開けて光を入れる。

執事がコンスタンスに椅子を勧め、自分はその横に控えた。ハーティアはベッドに腰かける。

軽く落ち着いたところでコンスタンスが口火を切った。

「大体のことはキースに聞いたけど……これからのことを話し合おうと思って」

「そうだね」

ハーティアがうなずくと、彼女は続けた。

「といってもわたしが知ってるのは、キースが引き返したらあなたがあの女と……」

「ああ、手ごわかったよ」

「味噌(みそ)をつけたキュウリで殴り合ってたって」

「…………」

「なんでそんなことになったの?」

「なんでだろうね」

ハーティアはキースを睨みつけたが、執事はまったく動じない。きっぱりとこう言いすらした。

「それはもう何十本、何百本と……壮絶なキュウリの残骸が撒き散らされておりました。あれは農家が怒るでしょう。愚かな争いのために真っ直ぐなキュウリをより分けて出荷しているわけではないと」

「一番分からないのは、どうして味をつけないとならなかったの?」

「そこかな。分からないのは。いや、まあ確かにそこかな」

ハーティアは納得しかけたが、すぐに否定した。

「違う。そんなことしてなかった。あの女はなんていうか君を狙ったヒットマンで、多分捜査官を殺害した犯人か、もしくはその仲間だ。ぼくは戦闘したけど、敵わなかった。這う這うの体で逃げ延びたんだ」

という話に、コンスタンスは黙ってキースのほうを見上げた。

執事はこう告げた。

「どうやら見間違えたようです」

「そうなのね」

「そうなのかよ」

ひとりだけ納得いかず、ハーティアは歯噛みしたが。

コンスタンスは難しげな顔で、例の似顔絵の描かれたメモ帳をテーブルに置いた。四人の男女の絵を順番に見ていく。

「ヒットマンっていうことは、誰かに雇われてるってこと？」

「推測だけどね。最初の警官殺しだけなら他の線も考えられたけど、正規の捜査ですらない君までこうも早い段階から狙う本気さからすると、よほど大きな理由があるんだろう。怨恨やイレギュラーな動機とは思いづらい。雇われてるかどうかは定かじゃないけど、派遣警察に影響力を持つっていうのなら貴族が関わってるのも間違いない。ともあれまだ分かってないことが多すぎるから……」

パズルとするならば、不足したピースの数すら未知数だ。顔をしかめてハーティアは続けた。

「とりあえず殺された捜査官たちがなにを追ってここに来たのかを探ることだよね。行動を急がないと。なにしろ王都に来て第一歩でこのざまだ」

「不肖ながら」

軽くお辞儀をしながら、控えめにキースが口を挟んだ。メモ帳を指し示す。

「警官のことは存じませんが、この四人については思うところがございます」

「なあに？」

訊ねるコンスタンスに、キースは神妙な態度でこう言った。

「奴らの身体能力。そして言動から推測できます。この仲間たちというのも全員、恐らくは……執事です」

「………………」

さすがにコンスタンスですら答えに窮した。

仕方なくハーティアが言い返した。

「いや、ヴァンパイアって言ってたよ」

「執事が本当のことを言うわけがありません。常識で考えてください」

拳を握って力説するキースに、ハーティアはつぶやいた。

「そうなの？　いや、待て今度は押されるなぼく。今んとこ全敗じゃないか」

首を振ってどうにか抵抗力を奮い立たせるが、その間にキースは続ける。

「まず、執事とはなにかを理解せねばなりません。ご存じの通り執事とは、超合金執事エネルギーによって生み出された悲しき戦闘兵器。得体の知れないお爺ちゃんが暇な時に建造しており、神にも悪魔にもなれ、主にリモコンで操作できます」

「もしそうなんだとしたら貸してくれリモコン」

「そのパワーが善の方向に向けば世のため人のため、主のためお茶を出したりお寝間の用意などもするでしょう。しかし悪に捉われればそこにあるのは殺戮の衝動のみ」

「バランス悪いな。どっちかどうにかなんなかったのかな」

ハーティアがどれだけ言っても、キースはびくともしない。

最後にこう結論した。

「ですのでわたしとしては《岬の楼閣》に手がかりがあるものと考えます。この世の執事の全情報がそこにあるからです」

「そんなものが――」

なんの役に立つのか、と言いかけて。

不本意だったが思いついてしまった。歯ぎしりしながら言い直す。

「執事のコネか……そんなのがあるなら、もしかしたら貴族界隈の情報に通じてるかもしれないのかな」

「あるでしょうな、恐らく。しかし聞き出すのは容易ではないでしょう」

「まあ、そうか。口が軽いようじゃしょうもない」

「ですが言った通り、悪に堕ちた執事も存在します」

「……なんだろうなー。いるわけねえだろって反射的に言いそうになったけど、確かにいるか。それは」

そもそもが、王都の事情に通じているということで呼ばれたのがこの執事だったのをハーティアは思い出した。今のところ彼はその役割を普通に果たしているようではある。ただなにか。なにかがいちいちちょっと間違っているだけだ。

「じゃあ、手分けして当たったほうがいいのかしら」

「そうだね。時間は貴重だ」

宿の部屋と同じことで、二手に分かれるのはリスクもあるが。どうせ仮に三人で籠城していたところで防げるわけでもない。それよりも急ぐべきだ。聞き込みはどうやっても時間がかかるし、夜にはできない。二か所を順番に回れば二日はかかるだろう。手分けできるならそうしたほうがいい。

「分けるとしたら……執事学校とやらのほうは、あなたに任せるしかないけど」

ハーティアは、執事からコンスタンスに視線を転じた。

「君は？」

「もちろん、捜査官の殺害現場を見ないと」

「だよなあ。ぼくがどっちに行くか、か……襲撃を受ける危険は当然あるから、君のほうについていくべきだろうね」

敵の狙いが捜査妨害であるなら特にコンスタンスが最も危険だ。ましてや殺害現場は言うまでもなく敵も知っている場所で、ハーティアらはまだこの事件のおおまかな動機すら把握していない手探り状態だ。

それでも。

(さすがにもう、これ以上厄介な敵が隠れてるってことはないだろ……今は不利でも、ひとつひとつ挽回(ばんかい)していけばいいんだ)

ハーティアはこの日、四十八日目が終わる真夜中きっかりまでは、そう確信していた。

まさか生涯で最悪の敵がまだ控えていることなど思いもしなかった。

7

捜査官が殺された場所というのは、イバンコダ区の外れにあった。

旅行者が短期で利用する宿とは少し違い、中長期で住み込む下宿だ。場所としては不便だが費用は手ごろだろう。

扉は閉ざされていたし、人が住んでいる気配はない。とはいえ大袈裟に封鎖されているわけでもなかった。念のためあたりを一周してから門をくぐったが、見張りらしい気配もない。

建物には入らずに裏手に回った。角材の積まれた一角があり、ハーティアが魔術でそれをどかすと、地面に地下倉庫の入り口があった。扉は壊されている。それをふさぐため角材があったのだろうが、そもそも中には入れなかった。入り口すれすれまで水が溜まっている。

「雨水？」

「ここいら低地だから、そうかもね」

後ろからのぞくコンスタンスに、ハーティアはうなずいた。

水は街中の路上から集めてきたようなゴミだらけだ。ガムの包み紙やたばこの吸い殻も。現場の荒れようとしてはこれ以上もないが。

「まあでも、現場検証の意味もなかったろうけどね。犯人があのバケモノみたいな連中なら、この狭いとこで何秒か素手で暴れたってだけだろうし。ひとけがなくて短時間じゃ目撃者も望み薄かな……」

と、肩越しにコンスタンスを見上げて。

専門家相手に言わずもがなのことを語ってしまった気まずさを察して、ハーティアは咳払いした。

「言うまでもないよね。ごめん」

「……そう？」

あまり気を遣わせない様子で首を傾げる彼女に感謝しながら、ハーティアは続けた。

「彼らはこの宿を利用してたわけじゃないんだよね？」

「そうね。宿は別だった」

「だとすると、彼らはここに用事があったのか、それとも犯人に呼び出されたのか……後者っぽいけどね。地下倉庫なんて」

望みは薄くとも、近所の聞き込みを開始した。めぼしい家の戸を片っ端からノックしていく。派遣警察は名乗れないため、保険会社の探偵と身分を偽った。あの宿の損害保険に関係して、殺人事件について聞いて回っている、と。

近所の住人はほとんどなにも知らなかった。ごく当たり前の宿で、元の主人は十数年ここに住み着いていた。ある夜、いきなり地下で大きな音がすると倉庫が荒らされており、翌朝片づけようとしたら死体の一部が見つかった。警察が調べたところ二人分の遺体が出てきた。遺留品から警官だと判明した。

宿の主人はただでさえショックを受けたところに、容疑者とは言わないまでも関わりを疑われ、その後潔白と認められたものの、捜査が打ち切られてすぐにこの地を逃げ出してしまった……と、聞けたのはそんなところだ。

ひととおり聞き込みをしてから、ハーティアは疑問を口にした。

「彼らは一度も道を尋ねなかったのかな」

「え？」

「いや、こんなよく知らないところでさ。しかも夜だろ？　誰にも一度も訊かずに、あの宿に行けるかなって。今のところ誰ひとり、捜査官たちと話したって人がいない」

「……てことは？」

「まるで家庭教師みたいな言い方するね」

ハーティアは苦笑した。彼女も分かってるだろうに、言わせたいらしい。

「道案内されて来たのかも」

「そうね」

「ということは、どこか別の場所で会ってる。接点があったはずだ。わざわざこんなところに移動させたのもなにか理由がある。単に人目を嫌っただけかもだけど、殺すだけなら一瞬で済むだろうから、話をする必要があったんじゃないか。取引か、尋問か……やっぱりふたりが追ってた捜査に関係あるんだろうな」

「そ、そう」

「ん?」

なにか言いたげなコンスタンスに、ハーティアは訊ねた。

「なに?」

「いえ、その。気がかりひとつから随分いろんなこと考えるのねって思って」

「ああ……確かに。悪い癖かも。頭を働かせないと生き延びられない生活してたから」

もうそんな悪夢はないというのに。

本当に、もう。

「………」

つい間を空けすぎてしまい、ハーティアは慌ててうめいた。

「そう、百考える暇があるならひとつでも情報集めだね。やっぱりちゃんとしたプロは違うな。捜査官たちの宿に行ってみよう。遅くなってきたけど、宿なら少しくらい遅くても門前払いはないだろうし」

日は暮れかけている。もどって執事と合流というのもあるといえばある頃合いだが、特に待ち合わせ時刻を決めているわけでもない。もうひとつ寄ってからでも構わないだろうと考えた。

捜査官たちの使っていた宿は、また少し離れた場所にある。ハーティアらの取った宿のほうに近く、数ブロック場所が違うというだけで雰囲気も大きさも似通っている。これまた変哲ない宿だ。

空き家にまでなった殺害現場と違って、こちらはそんな事件知ったことでもないという空気だ。主人は死んだ客についてほとんど印象にもなかった。未払いになるかもしれなかった宿代を警察が支払ったので、客は公務員が一番だと笑った。

期待はしていなかったが、捜査官が追っている相手がなんだったのか宿の人間に漏らすわけもない。ここも空振りだろうと分かっていた。

「なにもご存じないということですね」

気落ちした様子でつぶやくコンスタンスに、ハーティアは、あれ？　と思ったが。

彼女の意図を察して同調した。

「まったく、弱ったなあ。本当になにも聞いてないですか」

「……あっしが客室を盗み聞きしてたとでも？」

「むしろそうしていてくれたらありがたかったのに。彼らがここに来たってことは、隠し場所が近くにあるはずで」

と、ここで彼女が制止してくるだろうと思って一拍おく。

……のだがなにも言ってこないようなのでちらりと見やると、コンスタンスはぽかんとしているだけだった。

（……確かにちょっと芝居じみ過ぎてるか）

反省して、ハーティアは続けた。

「大金が絡んでるんです。目が飛び出るくらいの。手ぶらじゃもどれない。ボスに殺されちまいますよ」

「そう言われましても、なにも知らんもんは知らねえんで」

主人は繰り返したが、それまでより声がこもっているようには聞こえた。

十分だろうと判断して、ハーティアらは礼を言って外に出た。

それほど時間も経っていない。実入りのない面会だった。だが通りを歩いて曲がったところでハーティアは足を止めた。

「どうしたの？」

訊いてくるコンスタンスに、ハーティアは言った。

「どうしたのって」

とぼけられると調子がズレる。苦笑いして続けた。

「さて、どこで待とうか」

「待つ?」

自分で仕掛けた策のわりに、彼女はいまいち乗り気でないようだったが。

路地に身を潜めてしばらく待った。長くかかる場合には夜半にでも宿に忍び込むことになりそうだったが、ここは幸運を引いたようだった。主人はすぐにも裏口から姿を現した。急ぎ足で道を走っていく。

ハーティアとコンスタンスはそれを尾行した。大した距離ではなかったし、主人は明らかに気が急いて後方不注意だった。前すら見ているか微妙なほどだ。

彼が着いたのは細い道の奥にある、目立たない小屋だった。その扉を叩く。何度叩いても返事がなかったのだろう。苛々と地面を蹴っている。

ようやく戸が開いて中から痩せた男が顔を出すと、主人は罵り交じりの声をあげた。

「この前の、まだあるか!」

「なんだよ、挨拶もねえのか」

ハーティアは既にかなり近づいていたので、会話も聞き取れた。もうここで踏み込んでも良かったが、一応まだ物陰を伝っていく。

主人はさらに声を荒らげた。

「うるせえよ。さっさと答えろ。まだあるのか」

「めぼしいものもなかったし、捨ててなけりゃまだどこかにあんだろ」

「返せ！　手帳みてえなのがあったろ」

「ガラクタごとこっちに押しつけたんじゃねえか。なに目の色変えてんだ」

「理由なんかどうでもいいだろ！」

と、すごんでみたものの、痩せ男は怪訝そうに腕組みして黙り込む。

押し通すのは無理そうだと悟ったのだろう。主人は落ち着いて言い直した。

「遺族が来て、手帳が見つかったら礼をするって言ってんだ」

「……それでハイありましたって渡したら、てめえがガメてたって白状するようなもんだろ」

「ベッドの奥に落ちてたとかなんか言い訳するさ」

「警察が一度、部屋をさらってんだろ？　そん時に見つからなかったたっておかしいだろが。

礼金っていくらなんだ？　巻き添えになんのは御免だ」

「ぐぬぬ」

「……ぐぬぬって言う奴初めて見たよ」

正直、見ていられない心地でハーティアは姿を現した。

「なんだ！」

驚いて声をあげる男ふたりに、取り成すように手のひらを向ける。

「いやもうちょっと聞いてても良かったけど。さすがにぐぬぬは聞いてらんない。これ以上どんだけベタなワルモノ会話するのか怖い」

「なんの話だ！」

「だからもうやめて。そういうのもう端折って」

ハーティアはただただかぶりを振り続けて、うめいた。

「ベタなら察してよ。担がれたんだよ典型的に。でも礼金くらいはホントに出してもいいし、別に君らを窃盗で突き出したりはしない。その手帳っていうのがあるのならね」

「ぐぬう」

「ぐぬうも同じだからね」

観念した彼らから、捜査官が部屋に残していたという手帳を受け取った。念のため他の荷物も見せてもらったが、スーツケースと着替えや小物数点で、意味はなさそうだった。それでも一応、まとめて買い取ることにした。コンスタンスが言い出したことだ。遺族にもどしてあげたいらしい。

引き返す道すがら、ハーティアは手帳の中に目を通した。雑記やメモが大半だが、核心的な捜査内容まで書いてあったりはしない（ここはベタでいいのに、と心の中で愚痴った）。ただ待ち合わせの時間や場所らしい記述もある。当然、新しいページに近いほうに注視した。最も新しいと思える予定は、彼らの死亡日の前日だ。

そこに記されている名前に、さすがにハーティアは息を呑んだ。

どういうつもりで書かれた予定なのか、それは分からない。

捜査対象なのか、面会なのか、あだ名か暗号なのかもしれない。

しかしある意味、当然出てくるべき名前ともいえる。

「どうしたの？　なにかあった？」

コンスタンスに問われても、ハーティアはすぐには答えられなかった。

脳震盪（のうしんとう）で動けなくなるように、言うべき言葉がもつれてしまった。反射的に思いついたのは益体（やくたい）もない考えだった。いやあるいはなにより有益な真理だったかもしれないが。つまり、自分がいつ同じくらいにっちもさっちもいかなくなるか分からないのだから、弱った人を馬鹿にするもんじゃない、ということだ。

言葉に迷ったハーティアが発したのは、まさにこれだったからだ。

「ぐぬぬ」

「なんなの？」

「マジでヤバい」

そこにはこう記してあった。

『ケシオン・ヴァンパイア？』と。

心当たりがあったとしても、博識と自慢するほどのことでもない。誰もが知るとは言えないが、歴史上、あるいは神話上の人物の名だ。

この名を名乗るということについて、意味はひとつだった。そいつは正気ではない。最悪のテロリストでもなければこの名は背負わない。意味のあり過ぎる名前だった。

聖域への反逆者。

無尽虐殺者。

単に白魔術の開祖としても知られるし、魔術士の危険性としてなにより先に挙げられる名前でもある。

大昔の人物だけに、ごく一部には神のように崇められてもいる。

そして……

王家の恥部としても大いに知られる。

「なんていうのかな。普通なら、あまりに馬鹿げてるんだ。でも見てきたこと聞いてきたこと、全部が合致し過ぎてて気持ちが悪い」

「なにを言ってるの？」

さすがにエリート捜査官（の卵）でも、魔術絡みとなると途端に疎くなるようだった。

ぴんときていないコンスタンスにハーティアは続けた。

「王家。白魔術士。バケモノじみた戦闘力。恥の名前。あとついでに〝あの御方〟なんて言い草も。いちいち全部が全部、きっちり入ってる」

「なら……辻褄が合ってるってこと？」

「辻褄は合ってない。滅茶苦茶だ」

「あなたの言ってることが滅茶苦茶じゃない？」

「ケシオン・ヴァンパイアは遠い昔に滅ぼされた人物だ。もし生きてるならこの大陸が滅ぶかどうかって脅威だけどね。ドラゴン種族が総出で戦って、どうにか勝った。ホントか知らないけど」

「別にそんな大昔の人のことじゃないでしょ、当然」

単に、反社会の英雄にかぶれた者がいてもおかしくないし、犯罪者ならいかにもそう名乗ることはありそうだと彼女は言いたいのだろう。それが常識的な考えではあるのだが。

ハーティアは暗い心地で反論した。

「実際にバケモノじみた人間が存在して、ヴァンパイアを名乗ってるんだ。絶対あり得ないのは分かってるのに、そうと臭わせるような証拠があったりもする。だからおかしい。

攪乱されてるのか……？」

　ぶつぶつこぼしつつ、再び手帳を見直す。捜査官は死の前日にそのケシオン・ヴァンパイアなる人物と会っている。少なくとも会う予定ではあった。場所は、いかにもカフェらしい店名が書いてある。危険人物と面会するには牧歌的過ぎるようでもあり、あるいは危険だからこそ人目につく場所を選んだのかもしれない。

「そのカフェに行ってみる？」

　コンスタンスの言葉に、ハーティアはしばし思案した。

　が、首を横に振る。

「もう閉店してるだろうし、行くとしても明日かな。今日はもう宿に帰って、あなたの執事と情報をすり合わせよう。こんな途方もない話じゃなくて、地に足の着いた手がかりが欲しいよ」

「ケシオン・ヴァンパイアを名乗る執事が暴れているという噂です」

「ぐぬぬ」

　ハーティアはもはやうめくのに躊躇もしなかった。

　苦味をひたすら噛むより他なかったのは、すり合わせを始めるにあたって先にキースのほうが話し始めたからだ——つまりハーティアはまだケシオン・ヴァンパイアなる名前は口に出してもいなかった。

「一応訊くけれど、ケシオン・ヴァンパイアっていうのがなんの名前かは分かってる?」

「無論です。執事に伝わる究極の悪名でございます」

「なんで執事に……て思ったけど、そうか。貴族の悪名か」

反論しかけてハーティアは思いとどまった。本当に、突拍子もないようでいちいち辻褄が合っているようでもある。

「そこまでは良いとして、執事だっていうのは絶対譲らないんだね」

「真実は曲げられません」

「なんで執事なの」

「《岬の楼閣》の出身者ですから」

「ケシオン・ヴァンパイアなんて名前の執事を名家が雇うかな」

「ですので、偽名で活動していたようです。バーニー・プードゥーと」

「それはそれで胡散臭い」

言いながら、ハーティアは手帳を確認した。確かにメモの中に、二度ほどバーニー・プードゥーなる名前がある。不確かな情報というわけではなさそうだ。

頭を抱えるハーティアのことも気にせず、執事は続けた。

「貴族の家を渡り歩き、奴はひとつのものを狙っていたようです。宝刀として知られるオーロラサークルを」

「オーロラサークル？　ああ、ケシオン・ヴァンパイアといえばか。あれってどこかの博物館かなんかにあるんでしょ。《塔》にあったかも」

ケシオン・ヴァンパイアが使っていたという剣の伝説は広く知られている。

執事はうなずいた。

「贋作が多数出回っており、本物は誰かが秘蔵しているとも」

「骨董品なんて、それっぽければそれが本物でいいと思うけどね」

あまり興味もなかったハーティアだが、キースは違うようだった。

「美術的な価値はもとより、本物のオーロラサークルは夥しい数の虐殺に使用されました。なんらかの力を持つとか」

「ないよ。天人種族の造ったものじゃないんだ。ケシオンが使ったってことで尾ひれがついただけ。不滅の殺戮剣だとか天下粛清の武器だとか。よくある話だよ」

ハーティアは手を振った
「彼を殺したっていう世界樹の紋章の剣とごっちゃになってるのかもしれないね。ケシオンの話はとにかくスケール感から眉唾なんだ。魔術の基礎理論もろくにできてなかった時代なのに。そもそも白魔術士とはいえ聖域をひとりで破壊しかけたとか、世界樹の紋章の剣の力で森になったけど、それがフェンリルの森だとかさ。昔の話にしても脚色がひどい」

執事は特に反論はしなかった。そのまま話を続ける。

「バーニー・プードゥーはある家から剣を手に入れ、姿を消しました。それが本物のオーロラサークルかは分かりませんが、彼の情報はそれ以降、途絶えています」

「それはいつ頃？」

「半年ほど前ですね」

「ふうむ」

ハーティアはまた手帳を繰った。メモを遡っていく。

「……剣を盗まれたっていうのは、アドグル家？」

「そのようです」

「貴族らしい名前はそれくらいしか見当たらないかな。捜査官たちが追っていたのはその窃盗事件かも。でも正規の捜査じゃないね。アドグル家に私的に頼まれたのかな」

と、それまで黙って聞いていたコンスタンスが口を挟んだ。

「ないでもない話ね。グレーだけど。アドグル家も本物だと思って宝剣を隠していたなら表に出せないでしょうし。詐欺でもしてなければ違法ってこともないけど、恥だものね」

「骨董品の盗難程度だと思っていたら、まさか殺されるとは警戒してなかったかもなあ。捜査官たちも」

情報も残さず死んでしまった捜査官たちは迂闊ではあるが、非公式の頼まれごとでは仕方のないところはある。自業自得でもあるが。

「アドグル家はぼくも聞いたことないな。有名？」

「旧家ではありませんな。成金が貴族株を買い取った類です」

「そうなると海千山千かな……」

「厄介？」

また問うてくるコンスタンスに、ハーティアは曖昧な顔で応じた。

「どうだろうね。交渉が通じる相手かもしれない」

また少し考えて、ハーティアは顔をしかめた。

「接触する方法は考えたほうがいいね。話が真実かを確かめるためにも探らないとならないけど。捜査を取りやめさせたのはそいつらなのかな」

「今のところそう考えるのが妥当かしら」

「ともあれ事件の真相を探る一番の近道は、うまく取り入って捜査官たちの後釜になることか。でもその場合、君は関わらないほうがいいね」

　ハーティアがコンスタンスに告げると、彼女は同意した。

「確かに」

「問題は、結局そのケシオンだかなんだかの正体がわけ分からないことなんだけど」

「執事です」

　キースが真顔で即答するのだが、ハーティアは無視した。

「ぼくらは殺害現場にも顔を出したし、あちこち動き回った。今夜から襲撃の危険度はさらに上がっただろうね」

　窓のほうを見やる。カーテンはずっと閉めっぱなしだが。

「できれば一室に集まって、交替で見張りもしていたほうがいいな。君が良ければだけど」

　コンスタンスに向き直ってハーティアが提案すると、彼女はまたうなずいた。

「殺されるって思いながら寝るよりいいわよ」

「じゃあ、そうしよう。順番は……真ん中が貧乏くじだけど、ぼくがやるよ。一応そういう訓練も受けてるし」

　時刻を意識しながら申し出た。ふたりとも特に反対はなく、一番手にコンスタンス、次がハーティア、最後に執事ということになった。

まだ夜は早く、十時にもなっていない。部屋にベッドはひとつしかないので、ひとりはソファーに寝ることになる。これは執事が申し出て、彼はタキシードの上着すら脱がずにソファーに寝そべった。ぴしっと棒のように真っ直ぐに。

椅子に座って本を読み始めたコンスタンスに挨拶して、ハーティアはベッドに入った。起こされるのは真夜中くらいかな、と思いながらすぐ眠りについた。

ハーティアが目を覚ましたきっかけは、自分でも分からなかった。

部屋は暗かった。物音もない。寝息がかすかに聞こえる。動かずに横目で見やると、薄く揺れているガス灯の光をほんのり浴びて、コンスタンスが椅子に座ったまま寝こけている。

(なんで寝てるんだ?)

まさかこの状況で居眠りもないだろうから、ハーティアはなんらかの攻撃を疑った。ガスか、毒物入りの差し入れでもあったか……あるいはあり得そうなのは、なにかの魔術か。それなら本格的な攻撃まで、猶予は数秒もないかもしれない。寝ている位置からはソファーの執事の様子までは分からなかった。だがなにも動いている気配はない。起きてはいないだろう。

ふたりを起こさなければならないが、敵が襲撃してくるのなら相手に気取られないまま迎撃態勢を取りたい。それなら起こして声を出させてしまうより、ひとまずほうっておくほうがいいのか。次々と考えを巡らせながら音を立てずにハーティアは起き上がった。毛布を重ねただけの粗末なベッドでかえって助かった。

小声で囁くように術を発動させる。小さな光の球を飛ばして、室内に異変がないことだけ確かめた。ひとつだけある時計も読んだ。真夜中まであと三十分弱。

光の球が消える。十秒ほどの寿命だったが、部屋の間取りは改めて感覚に刻み込んだ。しばらくであれば暗闇の中でも、侵入者よりは自由に動ける。

部屋への進入口は扉か、窓。どちらからも遠い隅にハーティアは身を寄せた。息を殺して待つ。一分……二分……

(……あれ?)

なにも起こらない。

改めてコンスタンスを見やった。

(もしかしてただ居眠りしてただけ……? いやそんなわけないか。寝たふりにしても徹底してるな)

天井を見上げて大口開けてよだれを垂らして眠っている捜査官(の卵)からソファーのほうに視線を移すと、キースはまったく微動だにせず寝たままだった。それこそ呼吸すらしている気配はない……のに、鼻ちょうちんが大きくなったり小さくなったりしている。見ている人間を馬鹿にするためだけにやっているのではないかとうっかり勘違いしかねない姿だった。

（いや、もしかして……動いてるぼくのせいで敵に気取られたのかもしれない。迂闊だったか）

いちかばちか、窓のほうに忍び寄ってカーテンをわずかにめくる。外をのぞいたが通りにも人の姿はない。もっとも街灯もない田舎の夜で、身を隠せる場所はいくらでもあるが。星明かりを頼りに目を凝らしていると、ふと、奇妙な光が目に入った。

距離感が分かりづらかったが小さな赤い灯だ。星ではない。向かいの建物の屋根の上のようだった。奇妙なのはその光が、ちかちかと不確かなリズムで明滅していたからだ。

魔術の光ではない。だが自然の灯りとも違う。

気にはなる。が、ここを離れて見にいくべきものなのか。結局なにが災いするのか選び取るのは難しいが、とにかくひとつでも敵の出端（ではな）をくじかなければじり貧になる……

（襲ってきているのがあのバケモノ女なら、こんな慎重な攻め手になってるのは一度負けたせいだろう。こっちを怖がっているなら、いっそ――）

ハーティアは意を決して、コンスタンスの肩を叩いた。

「ぴゃっ⁉」

身体を跳ねさせた彼女に、囁く。

「起きて」

「ね、ねてませんですます」

「うん、寝たふりなのはわかってるけど。ごめん、ぼくが動いたせいで敵が感づいてしまったようなんだ。表になにか変な光がある。罠かもしれないけど行ってみる。君は執事を起こして、ここで身を守って」

「え？　あ？　ほ？　へ？」

「危なくなったら逃げて。生き延びて！」

言い置くと、ハーティアは廊下に出た。

後ろ手に扉を閉めて、可能な限り素早く、そして音を立てずに進む。表玄関は閉まっているはずなので裏口から外に出た。夜闇に身を浸して周囲を警戒する。今のところなにもない。夜風が冷たく感じるのは、単に緊張のせいか。

路上に出るとさっきの光は見えない。やはり屋根の上にあったようだ。見当をつけながら闇に紛れて走る。

目的の建物とはひとまず反対方向に走ってから、適当な路地で術を編む。敵にとってこの場所がノーマークであることを祈って。

「跳べ！」

屋根の上まで跳躍した。

重力を調節して、目指していた屋根上にやんわり着地する。そこにあったのは木箱だった。大層なものではない。休日の工作程度の出来栄えだ。横向きに置いてあって、開いている面がハーティアのいた部屋の方を向いている。

中に蝋燭（ろうそく）が立ててあり、火が点（つ）いていた。明滅して見えたのは、数本の紐がその蝋燭を隠すように垂らしてあるせいだ。風が吹くと紐が揺れ、遠くからは光が瞬いて見える。

それ以上でもそれ以下でもない、意味のない装置だ。気を引くためだけの。つまり、誘い出すためのものだ。

（罠だったな）

予想してはいたので、ハーティアは身を伏せた。

その頭上を鋭い風切音が通り過ぎていく。ボウガンの矢かなにかだろう。

屋根の斜面を転がるに任せ、ハーティアはその場を逃れた。屋根から転落する一瞬に手を伸ばして雨どいに指をかける。それでもそこに留（とど）まるのではなく勢いだけを殺して路面まで落ちた。衝撃に足がしびれたが構っていられない。

(矢が飛んできたのは――)

方角を見定めて、駆け出す。

都市とは違って夜はただ暗く静かだ。住民たちが穏やかに寝静まる真夜中時、ハーティアは肌をひりつかせる殺気を一身に吸い寄せた。

前に向かって走りながら、後ろにも吸われていくような、奇怪な加速の錯覚がある。ぐるぐると渦巻く闇の誘いだ。

(あれだな)

襲撃を見越していたため周辺の地形は、ざっとだが把握してあった。屋根上の標的に狙撃するにはやはり同じように屋根に登る必要がある。狙撃手がいた場所はおおむね特定できる。とはいえ敵がよほど間抜けでなければ、的を外した時点でさっさと移動しているだろう。

(それで、多分……)

タイミングを計ってハーティアは急停止した。

あと一歩踏み込んでいたらそこにいたであろう場所を、再びまた風切音が貫く。

今度は矢ではない。ナイフだ。曲がり角から飛び出してハーティアの首を裂こうとした。

かわしたハーティアも、かわされた襲撃者も、即座に身構えた。半身の戦闘態勢を取りながらハーティアは相手を見定めた。あの女ではない。そもそもそいつは男だった。大男というわけではないが筋肉質で、いかにも兵士然とした体格をしている。ナイフの構えも訓練を受けた型に見えた。手練れだ。

だがバケモノではない。

感覚が澄んでいくのを感じた。安堵かもしれない。理解できる範疇のものがようやく現れたと感じて。

男は黒ずくめで、顔も下半分を布巾で覆って隠している。素早い手つきでナイフを切り返し、ハーティアを牽制した。

ハーティアは軽く後退しながら相手を値踏みした。見せびらかすように刃先を向けてくる敵に、両手を広げて受けの構えを取る。無手で取り押さえるための。

顔が隠れているので分からないが、敵が笑った、とハーティアは思った。侮っている。

「弱そうなのかな」

「……ああ?」

だしぬけにつぶやいたハーティアに、男は呆気に取られた声をあげた。

怪訝そうにしている相手にハーティアは続けた。

「ぼくだけど。見た目が弱そうなのかな。なんかぼくを見て、うわあやべえって思ってもらったことって今までない気がする」

「知るか。ガキが」

「やっぱそうなんだな……どうしたらいいんだろ。こういう余計な暴力とか省きたいんだよ、どっちかっていうと」

「じゃあおとなしくしてなッ！」

男は吐き捨てると、切りつけてきた。

面倒をやめたかったのは本心だったが、怪我をするのはもっと嫌だった。ハーティアは斜めに身を沈めて体捌きすると、ナイフの軌道の内側に滑り込んだ。敵の腕を取り、ねじり上げようとするが――男が頭突きをしてきて断念した。

頭突きを避けるためにせっかく詰めた間合いを諦めて、背後に回り込んだ。苛立った男が吠え、あてずっぽうで大きくナイフをひと薙ぎする。ハーティアはその場に倒れ込むと、今度は腕ではなく男の足首を掴んだ。片足を固定されて咄嗟にバランスを崩しかけた男は、もう一方の足の立ち位置をずらそうとした。ハーティアはその足が浮いた瞬間に思い切り蹴り飛ばした。

ぎゃっ、と声をあげて男は大きく転倒した。ハーティアはすぐ転がってから起き上がったが、男はうずくまったまま動かない。

暗い中、ハーティアは男の容態を覗き込んだ。うめく。

「凶器はそういうことあるよね。臓器に刺さってないといいね……」

転倒した際に、男は自分のナイフを脇腹に刺してしまっていた。苦悶の顔でハーティアを見返している。

ハーティアは嘆息した。

「こんなの、死ぬほどの価値があることじゃないだろうから。っても既に人は死んでるけどさ。まあ、だから、ぼくの質問に答えて病院でもどこでも行ったほうがいいよ」

「こ……このっ」

「ケシオン・ヴァンパイア。バーニー・プードゥー。アドグル家。この中で心当たりのある言葉はある?」

「…………」

苦悶の表情に脂汗を浮かべて、男は黙り込んだ。

ハーティアは感情も込めずに続けた。

「あなたは傭兵(ようへい)かな。雰囲気的に。いや悪気があって言ってるんじゃないんだよ。一番関係がありそうなのはアドグル家かな。バケモノがわざわざ自分より弱い人を雇う気もしないし。でも、うん、あなたは傭兵だろ。次点は傭兵くずれ」

「くそが」

罵声は聞き流してハーティアは言い足した。

「……執事じゃないよね？」

「ふざけてんのか」

「悲しいかな真面目なのに」

「あ、あのな。聞け」

「あれ？　意外と簡単に口割るね。もうちょっと嫌味な偉そうなこと言いたかったのに。まあいいよ。確かに血がどんどん出てるし。あんまり出過ぎないほうがいいよね」

「そういう調子こいた性根が……顔に出てんだよ」

それを聞いて、ハーティアはあんぐりと口を開けた。

「えー……まさかのそっちのアドバイス？　質問は無視？」

「阿呆（あほ）なのかてめえは」

「でもね、別に調子こいてるわけじゃなくてさ。いやこっちの事情はいいんだけど。それよりさ、あなたマジで死んでも秘密守る感じなの？」

「死ぬのはてめえなんだよ」

「なんで」

言ってから、ハーティアは軽く後悔した。

数秒後にはできればなかったことにしたくなる、純然たる愚かしい一言だったからだ。

ハーティアは立ち上がった。そしてあたりを見回した。

そこから見上げる屋根という屋根に、人影がある。全員ハーティアを見下ろしていた。ざっと十数人はいて、みな武装している。

「確かにそうか。金あるなら、大勢雇うよね」

ちらと男のほうをまた見やる。

「でもね、こいてるんじゃないんだよ、ぼくは。傷つく。本当に心外なんだ。ただ人生があまりにさ」

そこでハーティアは言葉が途切れた。

男はもう気絶していたし、頭上からいくつも、ボウガンを装填する音が聞こえてきていた。

8

「夜よ！」

大きく叫んで闇を広げた。

もとより星と月の明かりくらいしかなかったが、それが消えて本当の闇に包まれると天地すら消えたように感じる。ハーティアはその場から全速力で逃げ出した——あてずっぽうでボウガンは撃ってこないだろうと踏んだ。狙いがつかなければ倒れている仲間に当たりかねない。

もはや地図の見当も忘れて適当な路地に逃げ込む。ばたばたと大勢が屋根の上で追跡を始める足音が聞こえた。きっと住人には迷惑だろう。が、騒ぎになればきっとコンスタンスたちも逃げ時を察知するはずだ。

魔術の闇の効果からはもう離れて、あとは屋根からの死角を探して道を走る。包囲は甘い。あのナイフ男がひとりで仕掛けてきたことから考えて、あまり統率は取れていないとハーティアは見定めた。

(とはいえ)

完全に姿をくらますのも良くない。なるべく追っ手を自分のほうに引きつけなければコンスタンスたちのほうが危なくなる。

ある程度走ってから……

ハーティアは足を止めた。息を整えながら周囲を確かめる。左右を建物に挟まれた狭い路地裏。窓もなく、よほどの不運でもなければ住人を巻き込む恐れもないだろう。追っ手にとっては攻められる方向がひとつしかなく、行き止まりではないのでハーティアはいざとなればまだ逃げ道がある。

足の速い人影がふたつ、屋根を伝って追い付いてきていた。ボウガンを背負ってはいるが構えてはいない。使おうとすればハーティアがまた同じ手で逃げるのは分かっているだろう。装填の間まで含めれば魔術の発動のほうが早い。攻撃術を使う余裕すらある。

ひとりが右側の屋根から、もうひとりが左側の屋根から、ややタイミングをずらして飛び降りてくるのをハーティアは迎え撃った。右側のほうが先だ。似たような格好の地味な黒ずくめで、さっきの男と同様布巾で顔を隠している。大ぶりなナイフを鋭く突いてきた。ハーティアは後退含みでかわし、次の相手が入れ替わるようにして蹴りを打ってくるのを今度は横に回って防いだ。

やはり荒事になれた、兵隊らしい技だ。バケモノではない。途切れずに切り込んでくる刃をいなして、ハーティアは敵を観察した。敵の動きの癖を見抜き、慣れてくれば……接近戦でも術の構成を編む余裕ができてくる。彼の教室のメンバーには、これをいきなり勘と反射神経だけでやり遂げるような者もいたが。ハーティアにとってはこれは得意分野ではない。

「こだまよ！」

複雑な構成を広げる。

攻撃術ではない。接近戦でもリスクのない効果だ。

音の聞こえ方が変わる——すべての物音が一瞬遅れて聞こえてくるよう、空気の振動を鈍く抑えた。足音、息遣い、すべてだ。

違和感に男たちが戸惑う。ハーティアはふたりの死角に滑り込んだ。これまでと速度が変わるわけではないが、音の気配が変わって敵の反応が遅れる。その隙にハーティアはふたりの脇腹に一撃ずつを叩き込んだ。

悶絶して倒れる敵を後目(しりめ)に、ハーティアはさっさとまた走り出した。次の追っ手も背後に見えている。少し手間取り過ぎたが、注意を引きつけながら逃げるのなら、不自然でなかったくらいだろう。

(どのくらいやれるかな……)

スタミナを気にしつつ、計算する。十人以上の敵、それも素人ではない。逃走しながらの戦いは体力的に厳しい。

(もう一度やり合って、あとは逃げよう。派遣警官や執事が逃げる時間稼ぎには十分だろう)

と考えたところで。

今度の足音は、前方から聞こえた。

（回り込まれたか！）

もっと素早いのがいたのだ。前の頭上から長刀を逆手に飛び降りてくる。

足を止めざるを得なかった。今度は自分で選んだ場所ではない。しかも後ろからも追われている。挟撃されるまでの猶予は数秒だ。

とにかく、目前の剣を横に跳んでかわした。さっきのような搦め手を用意する時間はない。よけた先にあった壁を蹴り、反動で体をもどした。

敵は二の太刀を即座に繰り出していた。下からの切り上げだ。それこそ勘と反射神経で身体をひねり、ハーティアは遮二無二すがりつくよう、敵の身体に触れた。

が、そこから先の決め手がない。触れたところから一撃で敵を無力化するような手わざは理論上はいくつかあるし見たこともあるが、タイミングが肝心だった。可能かどうか、そもそも可能だとしてやっていいのかどうか躊躇するようではできない。天性の、暴力に対する適応性が必須だ。

普通、そういうのは少し頭がおかしいとも言う。自分は違う、とハーティアは思っているので。

「どーん！」

魔術でもなんでもなく、ただ全力の大声で叫んだ。

単なる大声でも、耳元でやられれば普通はひるむ。相手の身体が一瞬こわばったのを確かめてから、ハーティアは手早く腕を回しながら男の背後を取った。首に腕をかけて羽交い絞めの形に固める。

ちょうどそこで、追い付いてきた次の追っ手が飛び降りてきた。ふたりだ。それぞれナイフを手に動きを止めた。

人質を取る格好で対峙し、膠着した。ハーティアとしては当然不本意だった――時間が経てばもっと敵の人数が増える。包囲されれば人質などあまり意味がない。

「さてと」

ハーティアは無理やり不敵な表情を作った。

人質の背中に手を当て、自分はその背後に身体を隠す。

「ぼくのほうはこいつを盾に、魔術で身体を貫通させてお前らを一掃できる。不利なのはそっちだぞ」

もっとも、言われたばかりではある。そういうコワモテが向いていないと。

敵たちはお互いに目を見交わして、少し考えたようだった。

ひとりが顔を隠した布巾の下から、くぐもった声音で言ってくる。

「狙撃手がてめえの頭を撃ち抜ける場所につくまでの優位だ」

「なるほど」

ハーティアは左右を見回した。さっきほどの閉所ではない。まずい場所で立ち止まってしまった。

「まあでも」

強引に反論を探す。

見つかったのはせいぜいこんなものだったが。

「……まと外すかもしんないじゃん」

「アホなのかお前」

「なんでみんなそんなボロカス言うんだよ。あのね。落ちこぼれが得意じゃないこと頑張ってんだよ。優しくして？」

文句を言ったところで、夜中に人を襲撃してくるような輩に聞いてもらえるわけでもないのは分かっていたが。

数秒の猶予が数十秒の猶予には延びたものの、手詰まりには変わりない。いきなり頭を矢が貫くまで時間もないのに、ハーティアはつい、その時、先に音が聞こえるんだろうかそれとも急にまったく暗転するだけなのか気になってしまった。あるいは脳に穴が開いてもしばらくは生きていられるものなのだろうか。なってみなければ分からない。

と。

風切音が聞こえて、すべてが終わったと思った。

そして結論も出た。先に音だ。そして矢が頭に刺さっても案外なにも感じないし、なかなか死ねない……

（あれ）

違うと分かったのは、こちらを睨んでいた追っ手のひとりが罵声をあげた時だった。叫び、耳を押さえてひっくり返る。矢はその男の右耳をかすめ、引きちぎって貫通したのだ。

（本当に外した？）

と考えたのも間違いだった。狼狽えるもうひとりの傭兵が、矢の飛んできた方向を探って見回していると。

すとんっ、と軽い音とともにまたひとり人間が降り立った。

屋根からなのは間違いない。ハーティアが違和感を覚えたのは、彼女が屋根を走ってくる音がまるでしなかったことだ――そして、そう、女だった。

違和感はひとつではない。まるで夜風そのもののように身軽で、着地してもぶれひとつない。身のこなしのレベルはこの傭兵たちとは比較にならなかった。さっと手を振り上げると、武装したその男の懐に入り、触れた途端に凄まじい威力の一撃を入れた。もちろん躊躇など微塵もない。呆気なく男は倒れた。

彼女も顔を隠している。追っ手たちと同じようなものだが、彼女が顔の下に巻いているのはマフラーだった。服も黒ずくめではなく、普通の余所行きという格好で、この傭兵たちとは同類にはまったく見えない。

なにより……

ただただぽかんと、ハーティアは絶句した。

背中まで伸ばした金髪、ほっそりした小柄な彼女が、仮にふと街で見かけたならまさか彼の知る限り最上位の手腕で人を打ち倒し得るなどまったく考えもしなかったろう。

強靭な女ならもちろん何人も知っている。《牙の塔》はそういう場所だ。

だが魔術士は基本的に、強さを隠さない。この女性はなんというのか、違うのだとハーティアは察した。魔術士とは違うし、コンスタンスのような有能なエリート捜査官とも違う。もちろん、この前のバケモノのような女ともまったく異なる。それでも敵に回したとしたら恐ろしさに引けは取らない。

彼女はじっと、ハーティアを見つめた。

それを見返して、はたと、彼女が見ているのはハーティアというより彼の抱える傭兵だと気づいた。

控えめに女は言った。

「……わたしがやりましょうか？」

「え。あ、いや」

ハーティアはその男の拘束を解いて離れると、すぐさま殴りつけて昏倒させた。

「あ、あの」

どうにか考えをまとめて、ハーティアは口を開いた。

「いったい誰」

まったく面識はないし、心当たりもない。金髪などの見た目には典型的な貴族らしさはあるが。見当もつかなかった。

彼女はふっと、微笑んだようだった。

「あなたこそ」

「え？」

ますますハーティアは戸惑った。

「ぼくが誰だか分からずに助けてくれたの？」

「まあ、そうですね。この雇われ人たちが狙う相手というのを、わたしも追っていたんです。でもあてが外れたというのか……あなたじゃないですね、アドグル家から剣を盗んだのは」

「オ、オーロラサークル？」

吸い出されるようにハーティアはつぶやいた。彼女の澄んだ瞳にとぼけることも誤魔化すことも思いつかなかった。

「……君は誰」

改めて問いかける。

彼女はまた曖昧に笑いかけるばかりだった。

「それより、もう待っていても誰も来ませんよ」

あっさりと言ってのけたが、ハーティアは衝撃を受けた。それこそ彼女が男を倒した手際にも似ている。物静かで致命的。

「まさか、全員倒したの？」

まだ十人ほどはいたはずだ。確かにもう見上げても、敵がやってくる気配はない。彼女は気楽にうなずいた。

「全員ではないですが、大体は。漁夫の利がうまくいっただけですから、そんなに驚かないでくださいまし」

「……奥ゆかしいのかしれないけど、うまくやっておいて言われても」

微妙な心地でハーティアはうめいたが、彼女は少し顔を曇らせた。懸念があるという表情だ。

「実際、全員ではないんです。ひとり、まったく近づける隙もなかった相手がいて。でもその男は、追跡には加わってませんでした」

「こうなるともどったほうがいいかな……」

来た方角をのぞいて悩む。コンスタンスたちが気がかりになった。

倒れている男たちを見やって、訊く。

「こいつらはどうしようか」

「捕らえて拷問します？　この人たちの持っている情報なら、多分わたしのほうがよく存じていますので時間の無駄ですけど」

澄ました調子で言う彼女に、ハーティアは応じた。

「それを君が話してくれるならね」

「逆です。わたしとしてはあなたたちが何者なのか知りたいので」

「あっそ……じゃあひとまず名前だけなら教えてもらえる？　ぼくはハーティアだ」

「わたしはマリアベル」

少し間をおいて考えるような顔をしてから、彼女は言い直した。

「マリアベル・エバーラスティン」

「……そう」

家名まで出してくるとは思っていなかった。偽名なのかもしれないが。やはり貴族っぽい名前ではある。

彼女とともに歩き出して、彼女がわざわざ必要以上の情報を出してきた理由に心当たりがあった。考えてみれば、彼女のこれまでの言動すべてに言えるが。少しずつ匂わせることによって、こちらの反応を見ている。

（エバーラスティン家か。知ってはいる）

それこそあの執事の言う旧家のひとつだ。かなり古い。貴族連盟や王立治安構想以前、つまり王家が革命される前からの家だったはずだ。王家への最も強力な忠誠を誓う狂戦士の家系として知られていた。ただ王家の衰退とともに没落した。つまりはその古さの分、長らく没落したままとも言える。今ではその名を聞くこともほとんどない。よほどの事情通でもなければ思い出せないだろう。

「分家ですよ」

（そんな家がまだ、こんな鍛えてるのか。人知れずに？）

「うっ？」

だしぬけに言われてハーティアがぞっとしたのは、こちらの沈黙すら、彼女は読み取って会話してきたからだった。あえて反応しないことを選んだのに、それも無駄だった。まったく嘘が通じそうにない。

ハーティアが横目で見やると、マリアベルは平然としていた。

「王都の本家はわたしのことを知りませんし、わたしも本家の内情はよく存じ上げません。わたしをここに寄越（よこ）したのは母の古い友人……いえまあ何度も命のやり取りをさせていただいたので、お友達でもないんですけど。問題のある剣が、一番所持してはいけない人物の手に渡ってしまったのを憂いている人です」

「なんでみんなそんな骨董品を気にするんだ。本物かどうかも分からないのに」

ぶつくさぼやく。人死にまで出ているし、この連中もハーティアを殺すつもりでいた。

「金が目当てなら普通に稼げばいいだろ。なにをするにも殺さない方法なんかいくらでもある。まあ、少なくとも直接的には殺さない方法がさ」

「……時には避けられない場合も」

彼女はそんな言い方をした。氷ほどは冷たくないが、その氷に触れていた手くらいの、そんな冷徹さだった。

もどっていきながら、また身を潜めた。ハーティアが最初に敵に襲われたあたりだ。ナイフを自分に刺してしまった男が、まだ倒れている。

ひとりではない。その男の横に、もうひとりがついていた。手当てをしていたのだろう。だが医者などの応急手当てではない。

ハーティアは今度こそ、全身が脱力した。

悪寒に震え上がる。

そこで見たものは最悪だった。意味が分からなかったが、分からないまでも最悪だ。見てはならないものがそこにいた。

さらにもうひとり、これは他の輩と同じような傭兵が姿を現した。動揺して息が乱れている。手当てしている男に向かって声をかけた。

「治ったか」

「どうにかな」

「魔術士なんだろ。さっと治せよ」

「ショックで失神している。まだすぐ動けるわけじゃない」

「敵の数が情報と違うんだ。ほとんど全滅だ。撤収するぞ」

「倒れた奴は残してくのか？」

「見たところ、誰も殺されちゃいない。ほっときゃいいさ。どいつかが捕まったとこで、あのクソ当主とやらもそのつもりだろ。なんも教えちゃくれなかったんだから。くそったれだ」

「ごもっとも」

魔術士は納得し、顔を上げた。治療もあらかた終わってはいるのだろう。男を残してふたりともさっさと引き上げていった。

隠れたまま震え上がるハーティアに、マリアベルが囁く。

「あの方、どうも……わたしを鍛えた御人に気の配り方がよく似ておられて」

「あいつと関係あるわけないよ。あいつを鍛えた人のことはよく知ってる。仕掛けなくて正解だった。絶対に勝てない」

そこで見た魔術士の名を、ハーティアは知っていた。

(……キリランシェロ)

容姿は多少変わったが、馬鹿じゃあるまいし、見間違えるわけがない。

当代最強の天才魔術士だった。

9

「もう逃げてると思うけど……」

ついてきたマリアベルに一応そう断ってから、ハーティアは勝手口から宿に入っていった。

宿になにかしら騒ぎがあった様子はない。傭兵たちはここには攻め込まなかったようだ。マリアベルのおかげで手勢が減ったからだろう。

「うん」

客室を見回して、ハーティアはうなずいた。

出てきた時とまったく変わらずコンスタンスは椅子で寝こけているし、執事もソファーで鼻ちょうちんを膨らませている。

「やっぱりいないか。落ち合う場所を決めてなかったから、行き先のヒントでも残ってないかな」

「あの」

後ろからマリアベルがつぶやいた。

「なに？　敵は引き上げたのかもしれないけど、急いで合流したいんだ」

「ですから、あの、ふたりおられません？」

「えっ？」

ハーティアは改めて部屋を見回して、頭を抱えた。

「なんで⁉　なんでいんの。意外過ぎて認知できなかった。脳すげえ」

ショックを受けてしばらく狼狽えたものの、だんだんと理解が追い付いてくる。むしろさっきよりさらに派手に大口を開けた派遣警官を見ながら感嘆する。

「そうか。敵がいなくなったからすぐもどってきたのか。行動迅速過ぎるだろ。さすがエリート」

「…………」

マリアベルはなんとなく腑に落ちなそうに首を傾げているが。

ハーティアはコンスタンスの肩を揺さぶった。

「起きて。ここはもう引き払おう」

「ぴゃ！　ねてませんねてません」

「分かってるよ。急ごう」

まとめてあった鞄を担ぎ上げる。

寝ぼけたふりまでしているコンスタンスはふらふら立ち上がったが、入り口を見て声をあげた。

「ど、どなた？」

「行きずりの女です」

「はあ」

なんの感情も含まない笑顔でマリアベルにそう言われ、コンスタンスは胡乱げな目をハーティアのほうに向けた。

「いやぼくもどう答えればいいのかよく分からないけど」

考えながらハーティアは、可能な限りの説明をした。

「助けてくれたし真相を知ってるっぽい。信じられるかどうかは分からない。でも美人だから敵なわけがない」

「最後のだけなんかよく分からないんだけど」

「単なる真理だよ」

エリートの癖にわけの分からない反論をするコンスタンスに若干苛立って、ハーティアは告げた。

「美人も現れたけど、敵に一番まずい奴も見かけた……本当にまずいんだ。正直、全部ほっぽり出してトトカンタに帰りたい」

「え？　敵ってなにが？」

「だからそういう、余裕とかマウントとかやってる場合じゃないんだよ。確かに大半はちょろい感じだったけど、その中に本物がひとりいた」

コンスタンスは言われたことをしばらく頭の中で整理してから問いただした。

「例のバケモノがどうのっていう話？」

「いや、そんなんじゃない。もっと切実。あーもう、ほんとイヤだ。思い通りになること一個もない」

地団太踏みたい心地ではあったが、鞄に八つ当たりする程度で踏みとどまる。

逆にいっそキレて奇声でもあげられれば楽だったのかもしれないが。そんなテンションすら吸い取られる、本当の絶望を思い出す。

ただ堕ちていくだけだったこの四年間で思い知らされたことでもある。身近にいた時には理解できていなかったこと。

「あれは最強クラスの魔術士だ。どう逆立ちしてもぼくは勝てない。やってみなくちゃ分からないって言える相手じゃないんだ。ずっと一緒にいて、いつだってぼくより上にいた」

「つまり……知り合いなの？」

「うん」

「なら、つてになるんじゃ？」

のんきなことを言い出すコンスタンスに、ハーティアは大いに苦笑した。

「ならないよ。ぼくらを憎んでる。魔術士同盟を嫌ってモグリになった奴だ。しばらく行方も分からなかったし、こんなところで傭兵やってるくらいだから、まともに生きてたとも思えないな。殺し屋くらいになってるかも」

強く言ってから、かぶりを振る。

「とにかく、接触は無理だ。アドグル家に近づくのも避けたほうがいい」

「モグリの魔術士なら」

マリアベルが、涼しいが鋭く指摘した。

「同盟員は彼を捕らえるか、始末しないとならないですね」

「……ああ」

最も考えたくないことだったが、避けてもならない道理でもある。

やましさを怒った口調で誤魔化して、ハーティアは同意した。

「本当に接触して認めざるを得なくなったら、ぼくはやらないとならない。やればぼくは負けるし、殺されるかもね。だから絶対にしたくない。考えたくもない。どうしてもっていうなら、ぼくはこの件を抜ける。わりに合わない。捜査官殺しか、骨董品泥棒か知らないけど――」

「世界の破滅かもしれませんよ」

再び、マリアベルの言葉が静かに突き刺さった。

ゆっくりと彼女は言い直す。

「自分には関係ないと思うようなことが、実は破滅の始まりなのかも」

「それは」

不意に話に加わったのは、執事だった。

さっきまで間違いなく寝ていたはずなのに、いつの間にかソファーの横に立ち上がっている。握った拳を上げ、真剣につぶやいた。

「ファイナル執事大戦の幕開け……と言いたいのですか」

「………」

全員が沈黙する中、マリアベルが口を開いた。

「黙っていただけますか」

「あのバケモノたちのことを言いたいんだろうけど、人知を超えた奴らだとしたって、世界の破滅は大袈裟だ。腕利きの魔術士が集団でかかればやれない相手じゃない。王都には十三使徒だっている」

ハーティアが吐き捨てると、キースは構わずに話を続けた。

「これは執事バトルの用意も必要かもしれません」

「なにそれ」

聞き流すべきだと分かっていても、ハーティアはつい反応してしまった。

キースが答える。

「主君が執事を三体ずつ用意して行われる勝ち抜き戦です。執事の持つ属性と相性の有利不利が高度な駆け引きを生みます」

「貴族ってそんなことやってんの？」

今度はマリアベルに訊く。彼女はきっぱりと首を振った。

「ありません」

「各地にリーグが存在し、町に引っ越してきた上流階級が夢と冒険を求めてチャンプの座を狙います。しかし必ずなんらかの団が妨害してきますので――」

「団が」

「ありません」

マリアベルは繰り返して、若干本当にムカついてきたのか執事を睨みつけた。

「グダってあそばされますとしまいにゃシメますよ」

「少しやってみて欲しい気はしてきてるんだけど」

ハーティアもなんとなく賛同しかけたが。

「あ、すみません黙らせときますのでお話続けてください……」

コンスタンスが取り成すと、マリアベルは改めて言い直した。

「問題はケシオン・ヴァンパイアと呼ばれる――」

そこで詰まる。

言いづらそうに、しばらく葛藤してから……

無念の眼差しで続けた。

「……執事です」

その視線の先にはキースがいるのだが、執事は平然とするだけだった。なんの反応もない。勝ち誇りもしない。

咳払いしてからマリアベルは話を再開した。

「彼をよく知る人から警告を受けたのです。かつての仲間だったとかで、その人も、簡単に言えば異常な能力を持っておられましたから、バケモノ的な力という話、わたしは信じられます」

「しっ」

「執事ではありません」

素早く反応してマリアベルが釘を刺す。

「ケシオンはアドグル家に潜入して剣を盗んでいきました。カリエ・アドグルは怒って、奪還と私刑のための兵隊を集めたようですが」

「なら、そのアドグルに任せればぼくらの仕事は終わりなんじゃないか?」

ハーティアが言うと、マリアベルは嘆息した。

「本当の問題は盗まれた剣だそうで。使い方を知る者が使えば、犠牲は何百とも何千とも警告されました」

「だから大袈裟だって。逆にその友達とやらは、それほどの事態を君ひとりに頼んでなにさせられると考えてたの」

「というより自暴自棄だったようです。本当はわたしの師や、彼のコネクションに頼りたかったのでしょうけれど、どういうわけかここ数年、居所すら分からなくなっておりまして」

「それで君はどういう計画でいたの?」

「アドグル家の私兵の動向を追跡しておりました。もちろんおっしゃる通り、彼らが解決できるならそれで良いわけですから」

「…………」

ふと黙り込んで、ハーティアは彼女を見つめた。

「……なにか?」

勘のいいマリアベルでも、その沈黙は意味が分からなかったようだった。ハーティアは答えずに問い返した。

「彼らのことをずっと観察していたの？」

「はい。まあ、数日ですが」

「最後に見たあの魔術士のことも？」

「ええ、最優先で。危険性が見極められなかったので接触は避けましたが」

「そうか……」

またハーティアが黙すと、マリアベルは静かに苦笑いを浮かべた。

「それで」

三人ともを見回して、つぶやく。

「そちらのことも、お聞かせ願えないものでしょうか」

「執事です」

キースが即答するのだが、やはり無視する。

ハーティアはコンスタンスに目配せした。

話さないという選択肢はない——とにかく最終的には。しかしこちらの素性を明かすにしても、情報の出し方でこのマリアベルの話が本当なのかどうか、少なくとも彼女自身が本当と思って話しているのかどうかを探る余地がある。交渉術だ。

筋でいっても話すのはコンスタンスであるべきだし、そもそも彼女はその専門家でもある。ハーティアは任せるつもりで派遣警官の言葉を待った。

「わたしは警官殺しを追って非公式任務やってる派遣警察官で、彼は魔術士同盟のサボってた魔術士です」

「そうなんですか」

「で、執事です」

コンスタンスはキースのことも紹介したが、マリアベルはきっぱりシカトした。

そして交渉術は終わった。

たっぷり数秒考えて、ハーティアは胸のうちでつぶやいた。

(なるほど)

自分のようなアマチュアにはまったく理解できなかったが、コンスタンスは複雑な駆け引きをこうも短時間で終わらせてしまった。これがプロフェッショナルというものなのか。

マリアベルも舌を巻いたのか、特になにも言えず硬直している。

これによって新たになんの情報を得たのか、マリアベルの話の裏付けを得られたのか、それもハーティアにはさっぱり分からなかったが、きっとコンスタンスはしっかり見定めたのだろう。すっかりマリアベルを信用した顔をしている。

しかし、それにしても。

（非公式任務やってる、とは）

あまり聞いたことないタイプの情報開示だった。結構問題のある話だと思っていたのだが、海千山千の派遣警察にしてみるとこんな軽い扱いだったのだろう。あたかもなんにも考えてないくらいにも思えるほどだ。ハーティアは改めて背筋が凍った。達人たちに接してますます自信がなくなる。

「話をもどしますと」

マリアベルが言い出した。

「アドグル家にお話を聞きに行かれるつもりがあったのでしたら、それはわたしも反対です。カリエ・アドグルはこの剣を秘蔵していたことについて相当後ろ暗いようで、ケシオンはもとより関わった者をみな抹殺しかねない勢いです」

「じゃあこの件が解決したあと、あの傭兵たちは？」

すぐにハーティアが問いかけると、彼女は首を横に振った。

「いえ、彼らは詳しいことは知らされていないようでした。ただ、先に犠牲になった捜査官については……もし首尾よくケシオンから剣を取り返していたとしても、どのみち無事では済まなかったかもしれませんね。カリエはそういう男だと聞いております」

「まあ、まさに夜討ちされたばかりだしね……」

ぼんやりとつぶやいたハーティアに、マリアベルがそっと訊ねる。

「お友達がご心配で？」

「え？」

なにを言っているのかしばらく理解できず、ハーティアは戸惑った。不意に悟って声をあげる。

「違う！　あいつは……もう相容れないんだ」

思わず口走ってから、かえって認めてしまったようなものだと自覚して顔を伏せた。駆け引きなら自分もできると思っていたのに失点ばかりしている。

「モグリの魔術士なんて生きようが死のうが知ったことじゃないさ。というか死んでくれたほうがいい。なんの役にも立ちゃしない」

吐き捨てるように言って、どうにか気を落ち着かせる。

あまり沈黙を長引かせないうちに話を変えた。

「関係性でいうと、そのカリエ・アドグルが出てきてかえって腑に落ちない話がひとつ出てきた」

「というと？」

「今夜アドグル家が襲撃してきたのはぼくらが捜索を始めてからだけど、ぼくらは王都に着いたその日に、君の言うケシオンの一味であろう女に襲撃を受けてる。おかしいだろ。派遣警察のほうに内通者がいるってことかと思ってたけど、君の情報だけで整理してみると、アドグル家ならともかく、そんなただの窃盗犯がそのつながりを持っているとは思えない。辻褄が合わない」

「それは、そう言われましても」

マリアベルは困惑したようだが、確かにおかしいとは思ったようだった。

ハーティアはうなずいて続けた。

「なにかもう一枚、カードが足りてない気がする。全体をつなげる重要ななにかが」

「執事と執事の血の因縁でしょう。執事たちは呪われし運命に導かれ、最後の一体になるまで殺し合いを続けるとも言われております」

「ひとまずここは引き払って、わたしの宿のほうに移動しませんか。保証いたしますとは言えませんが、安全です」

「なんかもうシカトが完璧になってきたね」

もはや執事の声は聞こえてもいないようなマリアベルに、ハーティアは言った。

なんにしろ申し出には反対もなかった。

10

王都と一言で言っても、広さはトトカンタを郊外まで含めたよりさらに大きい。しかし中心となる王庭街は他のどの都市の中枢よりコンパクトで機能的だった。立ち入り制限こそないが、だからといって王都人でもない旅行者がぶらついていればそれとなく目をつけられる。

これは派遣警官であっても例外ではない。奇妙に感じる部分はあるが、王都の人間は部外者をただ見るだけで嗅ぎ分けられるとまで揶揄される。もちろんここには貴族ばかりが暮らすわけではなく、御用商人や一般人、騎士団王宮部隊たる〝甲冑組(かっちゅうぐみ)〟、十三使徒などもいる。しかし生粋の貴族のみならず新参の住人も数年暮らすと、余所者を察知できるようになるし、察知してしまうようになるという。

この王庭街に住む貴族は本物の名門と、その名門に少しでも近づきたいと切望する新興貴族たちだ。そしてしばらく背伸びを続けたあげく、諦めてもう少し無理のない街へと去っていく。

アドグル家のカリエはまさに絶賛背伸び中という男のようだった。

貴族らはこの街に、大体ふたつずつの住居を構えている——広々とした丘陵地や森、湖畔に点在する大邸宅と、街中に用意するオフィス兼用のコンドミニアムと。ハーティアがカフェのテラスからそれとなく眺めていたのはアドグル家がレンタルしているという一棟のビルの入り口だった。人の出入りは分かるが中までは当然のぞけない。カリエはそこに、私兵の半分を詰めさせている。

先日の襲撃は夜間だったこともあり、ハーティアは彼らにははっきりとは顔を見られていないと踏んでいた。が、それでもキリランシェロと出くわすのは当然まずい。なるべく柱の陰に隠れて、注意を引かないよう振る舞った。

そもそも当然、こうなってしまってからはアドグル家に接近することにはハーティアは反対し続けていた。しかし結局他に手がかりがあるわけでもなく、監視だけならとしぶしぶ承諾したのだ。

それに——と、ハーティアは一応計算していた——、自分がカリエであれば、キリランシェロのような超腕利きの魔術士は自分の身近、本宅のほうに置きたがるだろう。あのバケモノたちと敵対することを考えるならばだ。だからこのオフィスのほうにはいないのではないかと。

ごろつきとして貴族の邸宅に住み込んでいるであろう昔馴染みを想像して、ハーティアは独りごちた。

（どんな気分でいるんだろうなあ）

皮肉を感じる。

（あの時に十三使徒入りを果たしていたら、お前も今頃、余所者を嗅ぎ分けるクソ野郎になってたのかな）

と。

「どうなさいました？」

同じテーブルに向かい合っているマリアベルに声をかけられて、ハーティアは物思いからはっと覚めた。

「あ、ごめん。ちょっと考えごとしてた。ええと……十三使徒のこと」

多少の誤魔化しを口走ったが、マリアベルは見抜いたとしても特には追及してこなかった。物静かに、あたかもなにも考えていないかのごとく優雅に構えている。

彼女は店に入った瞬間——あるいはその前から王都貴族の一員になり切っているように見えた。見かけない顔である彼女に軽く探りを入れてくるウェイターに対して、マルサ・ケーペイユを名乗って澱(よど)みなく受け答えしてみせた。ハーティアにはそのマルサなる令嬢のプロフィールが創作なのか、あるいは実在の誰かなのかも分からなかった。なんにしろたちまち、ハーティアはマルサ嬢の遠方から来た文通相手ということにされてしまった。

だから少しは楽しげに話している風を装わなければならないのだ。それを忘れて黙り込んでしまった。失態を取り繕うように、ハーティアは口早に言い訳した。

「いや、まあ普通に警戒しないといけないから。同盟内の敵対組織だからね。理由さえあれば同盟反逆罪でぼくを処刑だってできる。実質ペナルティもなく」

「宮廷魔術士に知り合いはいませんの？」

何人かが頭に浮かんだものの、ハーティアはかぶりを振った。

「《塔》出身者は結構いるだろうけど、そもそもぼくは《塔》内でそんなに人気者じゃなかった。それに逆に、ぼくを知っているってことはぼくの今の身の上も知ってるってことだよ。あまり愛想よくはしてもらえないだろうね」

マリアベルは優しく微笑んだ。

「そんなことはないのでは？」

しかしハーティアは念入りに否定した。

「十三使徒なんてね、出世欲の権化でないとなれない。落ちこぼれなんて洟も引っかけないくらいのね」

くすっと、さらにマリアベルは笑みを漏らす。

「わたしがそんなことはないと思ったのは、人気者じゃなかったというほうです」

「……優しいこと言ってくれるね、お世辞でも」

「最初にお見かけした印象のままなら、特に否定する材料もありませんでしたけれど。でもお友達が敵にいると知ってから、ずっと動揺しておられますし。よほど仲の良いお仲間だったのでは？」

「………」

咄嗟に答えは返せなかったが。

ハーティアは、少し間をおいて訊き返した。

「もしかして、あいつに接触しろって勧めようとしている？」

「アドグル家の内情を探るには一番良いです」

「カリエは傭兵になにも教えてないって、君が言ったろ」

「それでも内通していただけるならこんな張り込みは必要なくなりますね」

それが実用的な考え方だというのはハーティアにも分かってはいた。

しかしそれでもできないものはできない。

「無理だよ。役に立てなくてごめん」

と、ふと気づいてうめく。

「あれ？　そういえばさっきの話、落ちこぼれのほうは否定してないってことか」

マリアベルは品よく吹き出した。

「別にいいじゃないですか。同類に感じられます」

「同類？」

「お気づきでないかしら？　エバーラスティン家の名前を出せば、わたしこそここで楽しくは過ごせませんよ」

「まあ……それは、そうなの……かな」

あまり実感なくハーティアは首を傾げた。

しかし権力闘争や足の引っ張り合いでいえば、貴族たちこそ熾烈(しれつ)なのかもしれない。それは分からないでもない。ましてやこのマリアベルのように、凄腕(すごうで)のエージェントとして暗躍するのであれば。

はあぁ、とハーティアは長いため息をついた。

「そんな言い方かえって落ち込むなあ。なんていうのかこっち来てから凹(へこ)むばかりでさ。警察エリートに君みたいな人。まあ執事はよく分からないけど。で、敵は得体の知れないバケモノ？　ついこないだまでぼくは大陸黒魔術の最高峰にいて、魔術士としちゃ最底辺に堕ちても世間じゃやってけるとどこかで思ってたんだ。なのに世の中どうなってんだよ。なんかの厄の当たり年なのかな」

「お友達にも再会しますし？」

「随分そこ突っついてくるんだね」

「なんとなくなんですが、あの方、気になって」

そう言う彼女の微笑みに、一瞬、反射的に不快を覚える。

子供時代の感覚が蘇ったからだ。

（あいつ、なんの努力もなくモテやがる時あるよな）

許されることではない。宇宙的に。だから。

「あいつに興味なんて持たないほうがいい」

それこそ数年前であったら、ただ反射的にそう言ってから無理やり理由をこじつけたものだが。

……今は違うと気づいて、もの悲しさを感じてしまった。

無理やりではなく当然の理由がある。

「あら。どうしてです？」

訊いてくるマリアベルに答える時には、ハーティアの言葉に勢いはもう残っていなかった。

「ぶっ壊れてるから」

「それほどおかしいようには見えませんでしたけれど」

「モグリの魔術士って異常だよ。落ちこぼれでやけっぱちなのはぼくも同じだけど、ぼくは組織を抜けない。なにかを変えたいなら逃げるべきじゃない。まあぼくは変えたいとも思わないけど」

「……そのモグリの魔術士を、わたし何人も知っているんです」

「ふうん」

裏社会に通じているなら、そういったことはあるのだろう。

「そりゃ悪かったね、でも」

とハーティアが言い返そうとすると、遮って彼女は話を続けた。

「倫理については正直、同感です。まあ、普通でない御方が多いのかも。でもみんなが逃げているようで、存外違う戦いをしておられるのでは」

「属すべきところを見失っているのに？」

「なにも属さない……はぐれ者だからできることもあるのでしょう。この件をわたしに頼んだ方は、トトカンタの家族からも長年離れて暮らしておられますけど。自分の昔の仲間、つまりこのケシオンという者の一味に家族を狙わせないためのようです。口先では誤魔化してましたけれど」

「……それでも、あいつは逃げただけさ」

暗い眼差しでオフィスを見やる。そこにキリランシェロはいないと踏んでいても。私刑のためにごろつきを集める成金貴族も、そこに集まるモグリの魔術士も、ハーティアには敵以外の何物でもない。私怨を別にしてもだ。

ふとマリアベルに目をもどして、彼女が困ったように眉をひそめているのに気付いた。ハーティアはまた話を変えた。

「仕事から逸れたね。せっかくだからケシオンのことを考えよう。奴にしてみればアドグル家にもう用事はないんだからここにもどってくることはない。ぼくら、アドグル家が敵の動向を追うのをあてにしてるけど、成算あるのかな」

「ケシオンの動機というのが不明瞭ですものね」

「オーロラサークルは価値のある骨董品だろう？　本物なら」

執事に成りすまして潜入するというのはかなり手の込んだやり口だ。剣が本物かどうか確信が欲しかったためか、あるいは隠し場所を探るのに必要だったか。いずれにしてもケシオンなる犯人の本気さを感じられる。ただ、この宝剣にそこまでの価値があるものなのかというとハーティアは懐疑的だった。

マリアベルもそれは同じ考えだったようだ。

「贋作が多いうえに盗品では、高値に換えるのはほぼ無理かと」

「釣り合わないよね。投げ売りするしかない。まあケシオンなんて自称するくらいだから、単に趣味的に欲しがっただけかな。誇大妄想らしい動機だ」

気楽に言ってから、ハーティアは声を落とした。

「……もっと深刻に考えてるんだね」

「どうしても納得いただけないですか。危険性を」

「だからオーロラサークルにはなんの力もないよ。ケシオン・ヴァンパイアの伝説自体、どうせあやかった反逆者たちが後世、風呂敷広げただけだろ」

「伝説はともかくとして、問題のケシオンについては、彼を知る人が……彼は白魔術士であると。信憑性はあると思います。もしケシオンが本当に白魔術士なら、どのようなことができるのですか？」

「…………」

部長刑事や派遣警察官に反論してきたのと同じ話をまたしても良かったのだろうが。つまりはぐれ魔術士にろくなものなどいないと。

しかし実際に、最高級の強さを持つと断言できるはぐれ魔術士を目にしてしまったばかりだ。それにもちろん……逃亡中の白魔術士の実例をハーティアは知っている。ここ四年間、呪い続けて忘れようもない彼女のことを。とぼけて一般論をがなり立てる気力をハーティアはすっかり失っていた。

素直に告げる。

「なんでもできるよ」

マリアベルが顔をしかめるのを見て取って、ハーティアは言い直した。

「いや、適当言ってるんじゃなくて。もちろん現実的には制約があるけど、どれくらい制約があるのか当人にも分からない。黒魔術士は物理を扱い、白魔術士は精神を扱う。精神は物理的に実在しないものの総称と定義されてる。さて、これはどう捉えるべきなのか。扱えるものがほとんどないということなのか、それとも逆に途方もないくらいあるのか。神ならぬ身には計り知れない」

「それほど恐ろしいものなのですか?」

今度は話の内容に陰る彼女の声に、ハーティアは肩をすくめた。

「それがね、恐ろしくもなんともないんだ。実用的であることを目指しているぼくらとは違う。あやふやでいい加減なんだ。ただ、彼らの狙いが適切である時に敵対したら勝ち目はない。銃のようなものだよ。それが十歩離れて立ってると想像して。でたらめに引き金を引いたってそうそう当たらないとしても、銃口の先にたまたまぼくの臓器があったら死ぬしかない」

　そこまで語ってから、一息つく。

　重い気持ちで話を続けた。

「使い手をひとり知ってたよ。黒魔術と白魔術を併用できた稀有な人だった。実体的なコンセントレーションを持ち合わせた白魔術は、もし武器化できたら最強だったろうね。でも無理な話だったんだろうな。最後には正気を失って自滅した……んだろうと思う」

　平和だった世界のなにもかもをぶち壊して、今なお関わった者たちを苛んでいる。もう四年も経って彼女の顔を思い浮かべても、実はすっかり忘れていて別人の顔にすり替わっているのではないかとすら思うし、そうであって欲しいという気持ちもある。なにもかも曖昧になって他人事にしてしまいたかった。キリランシェロと同じくだ。

　ともあれ、話をもどした。

「かつての達人、ケシオン・ヴァンパイアは完全に近いレベルで白魔術を扱ったそうだけど。それは確かに大陸を滅ぼしかけるほどのものだったとか。眉唾だけどね。ヒュキオエラ王子の逸話はもう少し信じられるけど、それでも王都の一部を壊滅させたとか怪しい部分はある。君みたいな人がどうしてそんな与太話を信じるのかが不思議だよ」

ハーティアが問いかけるように見つめると、マリアベルは神妙にこう答えた。

「わたしにこの件を頼んできた人は強力な魔術士です。人に頼ることなんて知らないほどの。その彼女が頭を下げて頼みに来たんですよ。自分では彼に勝てない、勝つ方法は三通りしかない、と」

「三通り?」

はい、とマリアベルは続けた。

「ひとつは、彼に顔を知られていない人間がうまく近づいて剣を盗む。剣さえなければ自分が責任持って彼を始末すると。もうひとつは、王都の軍勢が全滅覚悟で彼を滅ぼすこと」

「最後のひとつは?」

「それはあり得ないから考えなくていいそうです」

彼女も教えてもらっていないようで、それだけだった。

ハーティアは嘆息した。

「前者のふたつもあり得そうには聞こえないけど、ま、ぼくらの計画だって矛盾はしてる。敵の襲撃を警戒しながら、そいつの尻尾(しっぽ)を掴もうと探ってる。ぼくだって手っ取り早く解決する方法を三個思いついてるけど」

「どういうものですか？」

首を傾げる彼女に、ハーティアはひとつひとつ指を立てながら説明した。

「ひとつは自称ケシオンの襲撃を誘って返り討ちにする」

「可能なんですか？」

「キリランシェロがいればね」

「キリランシェロ？」

「あ、いや忘れて。もうひとつは敵の狙いを完璧に推理して、しかるべきところに報告する。別に間違ってても、それらしく筋が通っていて証拠があればいい」

ふたつまで上がった指に、今度はマリアベルがうす苦く笑ってみせた。

「……それで最後のひとつが一番の望みなんでしょう？」

「うん。とっとと帰ってこの件は忘れる。君の言う通り世界が滅びるのかもしれないけど、少なくともそれがいつになるかは知らないまま呑気（のんき）に最期を迎えられる。君にはそうできない理由があるの？」

指を引っ込めて、ハーティアは頬杖（ほおづえ）をついた。

行儀の悪さを窘（たしな）めるわけでもなく、マリアベルは神妙さを崩さない。ゆっくりと確信を持ってこう言った。

「わたしが家族を守りませんと」

ハーティアはゆっくりと手から顔をずらしてテーブルに突っ伏した。

その姿勢で告げる。

「ちゃんとした理由だね。ちゃんとした人は口説けないから、ぼくが格好をつける理由はまたひとつなくなったな」

「またそんなことを」

「ほんとだよ。理由なら他にもある。知り合いに気のある人は口説かない」

顔を上げて彼女を見据えた。

「このところ、ぼくにあれこれかまをかけるのは、キリランシェロの情報を探ろうとしてるんだろ？　あいつ、マジ、なんなんだ」

「別にそういう意味では」

「まあいいさ。君の見立て通り、奴は戦闘力では全黒魔術士の中でもトップランクかもしれない。あのヴァンパイアだとかに勝てる見込みもある。多分ね」

「キリランシェロという方なのですか」

「今は違う名前だ。オーフェンだとか言ってたか。ぼくと同じ《牙の塔》にいた。組織の暗部に反発して、全部捨てて出ていった。君の言う、家族を守ろうなんて思いもせずにね。いや……違うか。逆なのかな」

つい言いよどんで、ハーティアはかぶりを振った。

本当ならもっと強く慕ってもいいはずの感情を、どこか遠くに見つめてしまう。激しく怒ってもいいのだろうが結局それはできないし、泣くこともできそうにない。つまらなく枯れた自分を見下ろすように、虚しく続けた。

「もう手遅れのひとりを守るために、他のまだあいつを必要としている全員を捨てた。ぼくが腹を立ててるのは……そこかな。ぼくは捨てられたんだよ」

マリアベルはしばらく返事もしなかった。相づちもなく、ただテーブルの向かいにうつむく相手を見つめていた。

だが待っていたわけでもなかった。考えていたのだろう。だからこれがおためごかしの言葉ではないと、ハーティアにも分かった。

「……彼への接触はやめておきます」

「どうして」

「あなたの言うような御方なら、仕向けなくても戦っていただけるでしょう」

「でも、ぼくは見ておかないと逃げる？」

彼女はまた答えなかった。声もなく微笑んだ。

優しい微笑みだったがつまるところ、ハーティアを根負けさせて信用に足る情報を吐き出させたということだろう。

（やっぱり口説いたほうがいいのかな……）

などと考えていると。

アドグルのオフィスのほうに動きがあった。明らかに慌てふためいた男がひとり、ビルに駆け込んでいくと、すぐさま中にいた大勢が表に出てきた。そのまま、大挙して移動を始める。出動という気配だ。

「こんな昼日中に、ただごとじゃないな」

ハーティアは席を立った。

見失う危険はなさそうで、急がなかった。遠くから大きな爆発と破壊音が聞こえてきていたからだ。逃げ惑う群衆が道を走ってもいる。それに逆らって進めばいい。

振動するテーブルでティーカップが躍っていた。マリアベルが小声で言った。

「港の方角ですね」

11

王庭街にある〝港〟なるものは、要は貴族の貴族らしい横着が理解しやすい施設と言える。

王都の中央に位置する王庭街は当然というのか、海には面していない。港までつながる大がかりな水路があり、物資の輸送にも使われるが主な目的は貴族の所有する船舶の保管である。

ここにある船は海に出るためには不自由な水路を手間をかけて進むしかなく、また整備施設も近場にはない。不便しかないがたったひとつの利点のために使用されていた――つまり、自分の船を街から眺められるという点だ。

そう馬鹿にした話でもなく、これは合理的な判断なのではないかとハーティアは思うことがある。なにしろ貴族らがこの王庭街から外に出る機会はほとんどない。であれば、船を海に置いておく理由もない。

それに共感するかはともかくとして、この通称「王の港」は風光明媚（ふうこうめいび）な散策コースとして人気スポットだった。人通りは多く、そしてパニックは大きい。

逃げ惑う人々に逆行して走りながら、ハーティアが考えたのは港までの距離だった。郊外にあるアドグル家は当然かなり遠い。キリランシェロが詰めているのがそちらであれば、ハーティアが港に駆けつけても彼と出くわす可能性は当分ない。だが時間をかけてしまえば分からない。

そして……

(アドグル家の傭兵が大挙して出ていくってことは、ケシオンとやらの一味が港で暴れてるってことだよな)

隣を走るマリアベルに、ハーティアは問いかけた。

「なんでケシオンは港を襲う?」

「分かりません」

マリアベルは首を振った。そして向き直って言う。

「ここから別行動を。わたしはどうにかケシオンを探して、隙を見て剣を奪います」

彼女は話を省いたが、顔の知られているハーティアが囮(おとり)になってということだ。

ハーティアはうなずいた。

「分かった。君を守るよ」

「はい」

マリアベルは微笑みを見せたと思うと、まるで幻のように人込みに消えた。

（さて……）

驚いている暇もなく、また港への道を進む。騒ぎの中を行くとはいえ、到着まで十数分だろう。逃げ疲れて道端にへたり込んでいる男を見かけて、ハーティアは問いかけた。

「いったいなにがあったんだ？」

「……なんだ？　どこの奴だ？」

こんな時ですらよそ者かどうかを気にする王都民にハーティアは苦笑いした。

「どうでもいいだろ。なにがあってみんな逃げてるんだかを知りたいんだ」

「そんなの知るかよ！　なんだか……分からない。あれはなんなんだ！」

ぞっと青ざめて、これまで逃げてきた道を見やっている。

ハーティアは返事もせず、そのまま進んだ。

男の話は嘘でも大袈裟でもなかった。この街中で竜巻にでも巻き込まれたように、いくつもの建物が半壊していた。長くえぐられた路面をたどって眺める。まるで巨大な災害に見舞われたようなのに、破壊の痕跡は人間サイズであることがなおさら不自然な光景だった。その場には人の姿はなかったが、そこかしこから悲鳴や泣き声が聞こえてくる。逃げ遅れた人々や、怪我人もいるのだろう。

(……ちょっと変だな)

足を止めて、ハーティアはよぎった違和感を整理した。敵があのヴァンパイアを名乗る一味であるのは疑いなさそうだったが。

(騒ぎの最初は爆発音だった。こんな街中で爆薬か大砲でもなければ、魔術だろう。でもここの破壊跡は、素手のサイズだ)

人間の腕力でできることではないにせよ、あくまで人ひとりが暴れただけのようだった。

(規模の違う二種類の破壊。敵は手分けして暴れてるのか？ にしても名前を口にするのも手下に禁じてたような奴らが、こんな滅茶苦茶を？ どうなってんだ)

捜査官殺しについても場所を選んでいる。その後の捜査妨害はアドグル家の手によるものとしてもだ。

手口を急に変えたということには、いくつかの可能性がある。事態が変わったか、これも計画のうちなのか。

(いかにも人を誘い出せそうな大騒ぎだ。ぼくらを見失ったケシオン一味が、手っ取り早く仕掛けたことって危険性は……あるか？)

敵がそこまでハーティアらを重視しているか、それも疑問ではあったが。

動機も正体もよく分からないのでは判断が難しい。だが。

あまり考えている余裕もなかった。

「どこだァァァッ！」

怒声が聞こえた。

同時にハーティアの目の前で、家が一軒内側から張り裂ける。

書割でも倒すように家が倒壊した。その跡に人影がひとつ残っている。

それがハーティアのほうに顔を向けた。

目が合った、と思った瞬間に。

「――ッ！」

風切音以前の、大気が圧迫される音を聞いた。

そんなあり得ないことがあったのでなければ単なる勘だったのかもしれないが。ハーティアは咄嗟に横跳びして地面に転がった。そのすれすれの頭の上を鋭利な影が通り過ぎていく。速度を考えればそれも目視できたはずはないが。ハーティアは見えたと思った。手刀だ。転倒から勢いのまま立ち上がるまでに、ハーティアは戦慄と考察の両方を済ませた。脳ではなく肌の上だけで終わった。まずはその攻撃の速度だ。そして狙いの正確さ。奇襲の隙のなさ。ほとんどが想定を上回っている。

それは最初にやりあった怪物との比較だった。ハーティアは構えながら、現れたその敵と向き合った。マントを頭までかぶった背の低い男だ。あの女と比べると、速度はやや劣っているように思える——が、身体を武器とする練度は上だ。強いだけの素人と思えたあの女と比べて、この男の立ち方からは殺しに慣れたにおいがする。

武器は持っていない。少なくとも似顔絵のような剣は。身体の特徴からも、風体不詳のふたりのほうだろう。

(こいつはケシオンじゃない……てことは、マリアベルの援護は期待できないか)

彼女は役目のその瞬間まで、ケシオンに顔を知られるわけにいかない。仮にハーティアがここで殺されても、彼女は隠れ続けなければならない。とはいえそもそもこの怪物たち相手では、彼女が腕利きでもどれだけのことができるか微妙だろうが。

また執事(と白馬)が来てくれることもないだろう。今度こそ自分でなんとかするしかない。

あからさまに手ごわい相手と対峙して、ハーティアは眼球だけで素早く左右を見回した。まだ怪我人らしい声は聞こえている。大きな術は使えそうにない。この状況で、怪物を倒すことができても住人や家屋を傷つけるのを咎められて逮捕されるようならシュールかもしれないな、と胸中でぼやいた。その場合きっと、同盟反逆罪でキリランシェロと同じ身に堕ちる。

観察ついでにそのマント男の姿もどうしても目についた。マントはあちこち傷つき、埃にまみれている。もともとそのくらいくたびれた格好だったのかもしれないが、既に相当暴れまわったようには見えた。ここいら一帯を壊していたのはこの男なのだろう。

「貴様が黒魔術士か……？」

マント男の言葉に、ハーティアは肌が粟だった。術の構成を編みかけていたからだ。それを感知できるということはこの男も魔術士ということになる。

が、違った。男は質問を重ねた。

「答えろ。貴様が魔術士なのか」

構成を見たのであれば疑問の余地はないはずだから、逆算すればこの男に構成は見えていないことになる。マント男が疑ったのは、単にハーティアがその場から逃げなかったからだろう。

ハーティアは考えを巡らせた。瞬時の思考だ。ここで否定して、単なる住人のふりをしたらどうなるのか。普通に殺しにかかってくるだろうか。状況からすると、住人を殺すために暴れていたわけではないようだ。誰かを探していた。言動から察するに、恐らく魔術士をだ。

（……駄目だ。まとまらない）

時間切れを察して、ハーティアはひとまず口走った。

「だったらどうする」

本当に、どうするのか。それを知りたい一心で訊ねた。

マント男の声に力がこもった。

「我らが何者かを訊こうともしない……ということは、貴様、メッサを退けたという黒魔術士か……？」

ハーティアはすぐに対応した。敵からは視線を外さないまま、うなずく。

「そうだ」

「たかだか紛い物の魔術士ごときが、いったいどうやって……」

マント男は腑に落ちないようだったが。

その様子からさらに読み取る。

仲間について訊いてもこないし、周りを気にしている気配もない。どうやら敵は、もうひとりの魔術士――つまりキースの存在は知っていない。それはまたひとつの推論を導いた。あの女、メッサはそれを報告できずに死んだのだろうか。最後に見た様子では復活しそうに見えたのだが。なんにしろハーティアはすっとぼけて、できる限り強面（こわもて）な顔を作った。

「名前は知らないが、あの女だろう？　ちょろかったな。お前たちの首領の名前もぺらぺら喋ったぞ」

「所詮は雑用の女だ」

「お前は違うのか?」

「我が名はボルマトロ。主の面倒を片付けるが役割」

「雑用係じゃん」

「汎用性と効率性が違う。我が性能は圧倒している」

「確信かよ。手下根性すげえな」

ハーティアは呆れたが、そのボルマトロという男は文字通り微動だにしなかった。

「聖なる血の契りだ。主の崇高なる使命の前では、諸行無常は所詮雑事」

よどみない宣言に、ハーティアはかちんと来た。

思わず強く言い返す。

「殺人まで手広く雑用なのかよ。ぶきっちょなヴァンパイアだな」

その呼び方に、泰然としていたボルマトロの態度が固まる。顔は見えないが、マントの陰に隠れた目つきがこわばったように見えた。

「貴様らの汚れた血こそ不格好なのだ。魔術士と聖域の傀儡どもが」

「腕力自慢が図に乗るんじゃないよ。わんぱくか!」

お互い言い募って、そして同時に叫んでいた。

「人を誘き出すのにこんな大騒ぎまで！」

「人を誘き出すのにこんな手を使うのか！」

え、とハーティアは一瞬戸惑った。

（……今、なにを言った？）

反応が遅れたおかげで、用意していた迎撃プランが吹っ飛んでしまった。

それでも話しているうちに身体強化術を発動していたのは功を奏した。飛び込んできたボルマトロの拳を左右に避け、かわせない三発目を両腕で受け止めた。やはり触れただけで強靭さの分かる敵の身体を蹴り、後退する。当初は強化した上で接近戦を維持して、至近から空間爆砕を仕掛けるつもりだったのだが。

「受けただとっ⁉」

——というボルマトロの反応からすると、ハーティアの戦い方も知られてはいないようだった。

（てことはあの女……メッサ？　は本当に死んだっぽいな。部下をモノ扱いする話からすると、失敗の責任を取らされたのかも。貴重な人材だろうに、随分原始的な連中だな）

胸中でつぶやきながら、ふと、自嘲を付け足す。

（魔術士同盟も似たようなことやってるか）

間合いを空けて仕切り直し、まず体勢を整える。ボルマトロは隙を見せずに再び突進した。鋭く小刻みに、手刀を振り回す。ハーティアはかわしながらも前進を止めなかった。敵とすれ違うように、周囲にまとわりつく。拳を突き出したがあくまで牽制だった。どうせ打撃では倒せない。深入りして捕まえられてしまうほうがまずい。腕でも掴まれれば、逃れるにはもうその腕を諦める他ない。

(思い出せよ……)

唱えるように自分に命じる。

自分よりも強い相手とやりあう経験は豊富だ。それは恐らく、教室の他のメンバーにはないハーティアの珍しい強みだった。

(なにをやっても二番手以下、だけど……だから下から勝つ方法を考えてた)

その心得のひとつが――

いくら強かろうと、いいとこ取りだけはできない、だ。

「ウオオオオオ!」

裂帛(れっぱく)の気合で拳を振るうボルマトロに食い下がりながら、二撃、三撃とひとつずつ攻撃をいなしていく。受けていて分かったのは、やはり威力そのものはあのメッサのほうが上だったということだ。

（多分言う通り、バケモノふたりで手合わせしたらこいつのほうが必ず勝ってたんだろうけどね……）

技量はボルマトロが圧倒している。しかしハーティアからしてみるとそうした練達はむしろ慣れてありきたりなものに感じる。メッサのようなでたらめな力任せのほうが対処しづらかった。

見切るというほど簡単ではないが。いかに強風であろうと、同じ方角からしか吹かない風の中では鳥は落ちない。

右、左、そして下方から。突き込まれる拳を捌いて逃す。このボルマトロの術はいわゆる古流の拳術に近い動きで、なおさらハーティアはそれに馴染んでいた。現代の魔術士で実践する者はほとんどいないが、師はこれを得意手としていた。このボルマトロがどこで学んだのかは分からないが。

短距離から、膝を畳んだ回し蹴り。ハーティアは半身を回転させて避け、拳を横に振り抜いた。狙ったのは敵の身体の芯ではなく、フードの上から耳をわずかにかすらせるだけ。いくら身体が強靭であろうと普通に会話ができている以上、鼓膜は人間と同じように動いている。耳の穴から圧迫されればその一瞬、聴覚は失われる。フードごと叩けば正確に狙う必要もない。

それに合わせてハーティアは囁いていた。

「――というわけだよ！」

「⁉」

ボルマトロの手が瞬時、止まる。

ハーティアは精一杯にやにや顔を作りながら間合いを空けた。

なにを隠したわけでもない。ただ言った通り口走っただけだ。注意を引きそうな戯言を。

（……強化術の効果は、持ってあと一手！）

全力で打ち込める長間合いから、一気に突進する。

距離を零に。

さらに、負に。貫く！

ボルマトロほどの技量であれば、反撃できたはずだ。

ハーティアはただ真っ直ぐに前進した。防御もなし、変化もなしだ。ボルマトロの視界からすれば、手を出してどこを打ってもハーティアは即死する。

だがボルマトロには迷いがあった。ハーティアの正体、意図を探りかねていた。撹乱も重なって、情報も得ずに手がかりを殺せない――手下の失敗を許さない主に仕えているなら、なおさらだ。

だからハーティアは自棄半分でも、勝算がなかったわけではない。

常人を超えた身体能力の高速戦闘であれば、判断に要する時間は極端に短い。

ボルマトロが仮に、それが失着だと気づいたのだとしても、遅かった。

ハーティアの拳が胸板に深くめり込み、ボルマトロの身体を折れたひしゃくのように変形させた。

同時に強化術が切れた。ボルマトロが吹き飛ぶのと同様にハーティアも跳ね返された。

背中から転倒しながらどうにか起き上がる。ぞっとする想像とともにだ。ボルマトロが先に立ち上がっていたとしたら、それは死を意味する。

が、現実はそこまで無慈悲でもなかった。ボルマトロは倒れている。動かない……が、さりとて完全にではない。

気道を潰され身体を痙攣させていた。普通なら致命傷だろうが、あのメッサと同様、生きている。急速に身体を回復させながら。ハーティアはうめいた。

(今度は、迷うのはこっちか……)

とどめを刺せる隙は恐らく金輪際これが最後だ。

しかし情報が必要なのはハーティアも変わらない。

答えは出せないまま、とにかく立ち上がった。ボルマトロはなおも動かない。ハーティアはそちらに向かって歩き出した。

と。

「止まれ」

女の声だった。

背後からだ。声に含まれた剣呑さに振り向けず、ハーティアはそのままつぶやいた。

「……次から次へと。ややこしいんだよ」

「大した手並みね。でもよもや、二度は続けられまい？」

「二度は既に続いたよ。メッサとかいうのもやった。もしかしてなんだけど、お前らぼくには勝てないんじゃないか？」

心中とはまったく逆の言葉をすらすら吐ける自分に、ハーティアは自分で驚いていた。

もっとも、はったりに大した効果もなかったようだった。女は不敵に笑うだけだった。

「手腕もだけど……貴様が我らの狙いを先回りしていることのほうが気に障る。どうやって知った……？」

（さて）

ハーティアは迷った。これは難しい問いだ。ハーティアにしてみれば、王都に来てからずっと五里霧中なのだが。

「正直に言うとね、ぼくにはさっぱりだ」

思い切って、そこで振り向いた。女を視界に入れる。ボルマトロに背を向けるのは不安だったし、この女が仲間の回復を待って時間稼ぎをしている可能性もあったのだろうが。どのみち彼女の言う通り、二度も三度も続けられる気もしなかった。敵がひとりだろうとふたりになろうと無理には変わらない。

「どうも噛み合わない。お前たちもここに誘い出されたんだな。ぼくもだ。もうじきアドグル家の連中も集まってくるぞ。まあほっときゃ、騎士団だの十三使徒だのも来るんだろうけど。みんな誘き出されたんなら、誰の仕業なんだ？　お前らの主人とは別に、姿のない黒幕がいる」

「主を出し抜ける者などいない」

「説得力ないね。いろいろと」

ハーティアは相手を睨みつけた。

女の格好はボルマトロと同じく姿を隠したマントとフード姿だが、雰囲気はまるで違う。殺し屋然としたボルマトロと違って女の立ち居振る舞いはどこか妖艶(ようえん)ですらあり、（正直）ハーティアは良い香りがすると思った。すぐにも人を殺そうというより、最後までそれを隠すというタイプだ。以前に見た、《塔》に襲撃してきたヴァンパイア？　と似た空気がある。フードからはみ出た髪色も、声音も違うが。

　女はフードの奥から目を光らせた。

「なにか申し出があるという顔だな？」

「ケシオンとかいう奴に会わせろ」

「我々にメリットは？」

「ぼくはお前が飛び掛かってくるのと同時にでも、このボルマトロを消し飛ばせる」

「……確かに」

　あっさり女が納得したのを見て、ハーティアはまた内心、ぞっとしていた。今のははったりでもなくハーティアは魔術構成を編み上げてボルマトロに突き付けていた。女はそれを読み取っている。魔術士だ。

　不意に、女はフードをはねのけた。顔があらわになるとなおさら昔見た女ヴァンパイアと似た顔だった。このヴァンパイアというのが種族的ななにかであるなら、親類なのかもしれない。

「いいだろう。ただし、主が貴様をどう扱うかまでは約束できん」

「ああ。お前は、少なくとも主人が命令を下すまでぼくに危害を加えないことだけ約束しろ」

「約束したとして、信じるのか？」

「美女との約束は、信じる価値はあるね」

ついノリで口走ったのだが。

彼女は、頬を赤らめて目をそらした。

「わ、わたしが……美しい……？」

（もしかして馬鹿なのかな、この連中）

ハーティアは半眼でしばらく見つめた。考えてみればボルマトロも随分あっさり撹乱に引っかかっていたが。

彼女が顔を上げるまでには全力の真面目顔にもどす時間があった。改めて向き合い、訊ねる。

「さて……どうするんだ？」

女はうなずいた。

「ついて来い」

そう言った女の姿を、ハーティアは一瞬見失った。

隙があったとは思えない。が、女は音も気配もなくハーティアの横を通り過ぎてボルマトロの身体を抱え上げていた。肩に乗せ、そのまま歩き出す。

警戒してやや間を空けて、ハーティアはついていった。暴れていたボルマトロが片付いても、街の混乱はまだ収まってはいない。まだ半狂乱で逃げ回る人々、怪我をして動けない人たちを横目に、黙々と歩いていく。それほど進まなくとも彼女の向かっている先が港だということは見当がついた。次第に街並みが、繁華街からもっと開けた公園や散歩道になっていく。

王庭街の港の特徴は、港の機能を持っていないことだった。運河として本当の港湾までつながってはいるが、基本的に船は行き来していない。整備や、あるいは船主の気まぐれで海遊びがしたい時に出航するだけだ。ここにはドックもなければ荷下ろしの設備もなく、港によくある倉庫街もない。一年中気候の荒れない（かつての天人種族の恩恵と言われるが）この玩具箱じみた港で、貴族たちの豪奢な船が並べられているだけだ。

散歩道はその美しい風景をたっぷり堪能できるよう配慮されている。ハーティアらはほどなく、その道に入った。本来なら息を呑む光景だったはずだ。ハーティアは別の意味で絶句した。

（……無残も無残だね、こりゃ）

港に停泊している船は十数隻あったろう。帆は張られていないが壮麗なマストに旗が飾られ、優美な船体は艶めかしく水面をくねらせる。

ハーティアが目にしたのは、それらであったであろうものの残骸だった。

魔術によるものとしか考えられないが、それにしても法外な大破壊だった。ほぼ一撃で、これだけの数の巨大建造物を木っ端みじんにしてしまったのだから。最初に聞こえた爆発は疑いなくこれだったのだろう。いまだ炎をあげながら、途方もない量の木材が港を覆いつくしている。沈んだ資材で水かさが増したのか、封鎖された水門ぎりぎりまで水量が増していた。

見とれてしまっていたため、女が足を止めたのに気づかなかった。ふと目の前に迫った彼女の背中に、ぎょっとしてハーティアも立ち止まる。女は、ボルマトロを乗せていないほうの肩越しにこう言った。

「もう一度訊くが、貴様がやったのではないのね？」

「これをできる魔術士は、そもそも限られるだろうね。まあ王都にはいないこともないだろうけど。単独じゃないならもうちょっと広げてもいい。その両方に当てはまるのは十三使徒だけど、彼らがやるとは思えないかな。お前らを誘き出すためでもね」

「単独だ。わたしもボルマトロも、姿を見ることもできなかった。大人数ならあり得ない」

「なら魔人プルートーあたりが君らを狩り始めたのを覚悟しといたほうがいいね」

答えながら、もうひとつ心当たりが頭によぎる。十三使徒内にもそのレベルの術者が何人かは存在するだろう。だが宮廷魔術士らを除外して考えるなら、該当者の筆頭はキリランシェロだ。

視線だけであたりを探る。まさか彼がそこいらに隠れていて自分を見ているとは思わないが。

女はそれ以上問わず、また歩き出した。ハーティアもまた先ほどと同じ間を空けてからついていく。

だがどうしても気になって、ハーティアは声をあげた。

「そいつが誰かは分からないが、船をぶっ壊したんだな」

「ええ」

「船を壊せばお前たちがのこのこ出てくると知っていた。逆にぼくには腑に落ちないんだよな。なんで貴族の船を壊されて、お前たちが出てくる？」

「…………」

「船を壊されると困る理由ってなんだ。しかもこんな見世物の船ばかり。機関もついてない古船だろ。剣といい、この船といい、骨董品に思い入れがあるのか？　剣の次は船を盗もうとでもしてたか？　なにが目的なんだ」

この件にかかわってからずっと謎だった犯人たちの動機が、なおさら迷宮の奥に入り込んでいる。

　女は答えない。

　沈黙のまま進んだが、やがて人目につきづらい路地に入ると、変哲もなさそうな壁の前で立ち止まった。ハーティアも追いつくと、ようやくその角に、死角になっている狭い隙間があるのが分かった。女はボルマトロを下ろすと、近くの壁にもたれるように座らせた。

「……置いていくのか？」

　ハーティアが訊くと、女は肩を竦めた。

「抱えては入りづらい。それに、このざまで主の視界になど入れば始末されるだけだ。回復してから帰ってくればいい」

「なるほど」

　と、ハーティアは隙間の奥を覗き込んだ。狭いだけに中は暗く、ほとんど見えない。

「こんなところに隠れ家か……目隠しもせずにここまで連れてくるなんて、結局ぼくは殺す予定か？」

　女は首を横に振った。

「ここは船出のための基地だ。港が使えなくなるならどうせ引き払う」

　そして隙間に入っていく。人ひとりがぎりぎり通れる程度の空間だ。通路というより設計ミスで出来上がった無駄なスペースという様子だが。

少しおいてふと、彼女は言い足した。

「別に貴様を絶対始末しないという意味ではない」

「はいはい」

ハーティアもその隙間に身体をねじ込んだ。

しばらく行くと、急に女の姿が消えた。やはりよく見えないが、足元の感触で、地面に穴が開いているのが分かる。ハーティアは息を吸ってから、その穴に飛び降りた。

（あ。深さ確かめてからにすればよかったな）

と思ったものの、その時にはもう足が床についていた。穴から下の床まで、数メートルというほどもなかったろう。今度は狭さだけではなく天井の低さにまで圧迫感を覚えながら、また暗い道を進んだ。

しばらくして扉の開く音がした。女が開けたのだ。ハーティアもそこに入ってようやく、まともな通路に出た。やはり明かりはないが、女が囁いた。単純な魔術構成もハーティアは見て取った。女が造り出したのはただの光球だったが、それなりの手並みのようだとハーティアは見積もった。

明かりを得た通路は、板や土壁もむき出しだが、やはり露出している柱はしっかりしているように見えた。イレギュラーな空間というわけではない。

別になんの気もないだろうが、女が説明してくれた。

「港の整備通路よ。もう使われてはいないけれど」

「……………」

ハーティアが黙っていると、女は眉を上げた。

「今なにを考えているか訊けば、お前の程度が分かりそうだね」

「別に。その胸であの隙間通るのは毎回大変だろうなって」

「ふふ。まあいいだろう」

笑いながら女は、これ見よがしに胸の形を整える真似をした。

実際にハーティアが考えていたことはそれだけではなかった（それも考えてはいた）。この連中の奇妙さについてだった。あの壁の隙間はともかくとして、地面に穴を開けて整備通路とつなげたのはこのヴァンパイアたちだろう。まさか偶然見つけた可能性はないとして、もう使われてもいないようなこの通路の存在をしっかり知っていたということになる。王庭街に港が建造されたのは百年以上昔だ。図面などは処分された。まさにこうした通路をテロや戦争に使用されないためだ。機密としてその知識を継承しているのは、極めて限られた高位の貴族くらいだろう。アドグル家のような新興の者にも無理だ。

通路内は静かだった。女とハーティアの足音だけが響く。やがて扉に行き当たった。扉といっても、開きっぱなしになっている。

中は資材置き場のようだった。それなりに広いが、材木や石、煉瓦などが雑多に積まれている。ほったらかしにされた年月のせいでほとんどは朽ちかけていた。

女の光球が倉庫の暗がりに解き放たれ、光量こそ不十分だったが視界を開かせた。倉庫の奥、積み上げられた煉瓦の上に、椅子がひとつ置いてある。平凡だがそれなりに立派な椅子だ。倉庫などにはあまり似つかわしくない——ということはわざわざ持ち込んだのだろう。

高台に設えられたその椅子が意味していることはひとつだった。ハーティアはまずそれを把握した。あれは玉座のつもりなのだと。

そしてもうひとつ考えてもいた。前者とどちらが重大な推測なのか、それは分からなかったが。つまり、あの椅子はこの連中が運び込んだ。ハーティアが来た入り口からは入れられないので、別の通路もあるということになる。逃げ道は多いほうが都合がいいに決まっている。

資材置き場の玉座には、人が腰かけていた。

男だ。

ハーティアは似顔絵を思い出そうとした。白髪の大男。いかめしい面構え。絵ですら伝わってくる、他者を睥睨した眼差し。そして大剣。

剣は背負ってはおらず、玉座の横に立ててあった。煉瓦の隙間に鞘の先を差してあるようだ。魔術の仄かな光に浮かび上がったその男と剣は、まだ離れているのにハーティアを後ずさりさせた。この自称ヴァンパイアたちの能力……その元締めとなる男だということをいったんわきに置いたとしても、彼の出で立ちには威厳なるものがあった。王……のような。

(馬鹿げてる)

すぐに魔術士としての反骨心がハーティアを支えた。王権に屈服はしない。信仰に惑わされもしない。それが魔術士社会の根本だ。

「パニラか」

「はい」

男の声に、女は即座にひざまずいた。

パニラ。それが名前なのだろう。彼女はよどみなく続けた。

「この者は、メッサを退けた黒魔術士です」

「ふむ」

彼はしばらく、理解しがたい概念を舌で転がすような目つきをした。

「どうして連れてきた？　殺す以外になにがある？」

「港を破壊したのはこの者ではありません。我々に敵対する黒魔術士が他にもいます。情報を……得るべきかと」

「まったく。あちらこちら、うじゃうじゃと」

大男は大きい手を握り込んだ。ちょっとした石くらいはありそうな拳で膝を叩く。

その振動でカタカタと資材という資材が揺れるのをハーティアは耳にした。馬鹿力などというレベルではない。明らかにメッサ以上だろう。

だが当人にとっては悪態程度のしぐさに過ぎなかった。苛立たしく吐き捨てる。

「こんなものは駆除しなければ、増えるばかりだというのに」

「こんなって、どんなものだよ」

不躾にハーティアが口を挟んだのは、彼を激昂させたかったからだ。だが彼は意に介さなかった。相手にしない。本気の蔑みだ。口の端を曲げ、嫌味に告げた。

「紛い物のドラゴンだ。決まっているだろう」

「馬鹿らしい、時代がかった話を」

間髪入れずにハーティアが口答えしたのは、駆け引きというよりもう反発のほうが勝っていた。

　男はやはり鼻で笑った。

「昔の話だとでも？　罪は消えないというのに」

「扮装して、それっぽい歴史を語るんじゃないよ！」

　ハーティアも拳を振った。湿気た資材置き場に怒声が反響する。

「名乗ってもらうまでもないな。ケシオン・ヴァンパイアだとか言うんだろう。アホらしい。その剣がオーロラサークル？　骨董品の剣を抱えて、その椅子もどっかの店から盗ってきたか？　そのうえ貴族の船か。なんのごっこ遊びなんだ！　笑ってやってもいいが、そうもいかない。人を殺してるんだからな！」

　密閉空間に反響した自分の声が何度も耳を通り過ぎるのを聞きながら。

　ハーティアは玉座の男を睨み続けた。

　どう出るのか。

（とにかく、ぼくがあと何分か殺されずに済むには……こいつに興味を持ってもらわないとならないわけだ）

　口説き落とすしかない。マリアベルが無事にここまで追跡してきていることを、ハーティアは願った。隙を作って彼女に剣を奪取させること、それが今できる自分の役割だと信じて。奇襲で敵が混乱すればもちろん、ハーティアも逃げ出せる可能性はあった。この連中の始末は……まああとで考える。キリランシェロに押し付けるか。

男は。ケシオンは。

椅子から立ち上がった。

そして剣の鞘を掴み、持ち上げた。

ケシオンが剣を手にした瞬間、パニラが呼気を震わせた。王が立ったことに畏れたのではない。純粋な恐怖の音に聞こえた。

しかし王は剣を抜きはしなかった。前に出ることもなかった。その場で腕を、ゆっくりと振った。

「ごっこ遊びはな、ここだ」

「………？」

意味が分からず、ハーティアはうめいた。ケシオンはただ嘲笑する。

「このキエサルヒマこそ偽りの箱庭に過ぎない」

「じゃあ出て行ってみろよ」

ハーティアは嘲りを返したが。

はたと、自信たっぷりに踏み出した足先があらぬものを踏んだ時のように身を強張らせた。

「……船、か」

思わず吐いた言葉に、打ちのめされる。

だがショックだったというより、まさに馬鹿馬鹿しかったからだ。

「外洋に出られるような船はない。こんな間抜けな話が――」

「間抜けは貴様だ、小童(こわっぱ)が！」

ケシオンの一喝に、ハーティアは言葉を呑んだ。

ヴァンパイアの王は続ける。

「ある！　出られる、いや、我らが故郷から来た船が！」

ハーティアはよろめいた。膝を掴んで持ちこたえる。

「……王家が保存している、始まりの船か。人間種族がこの大陸に漂着した時、乗ってきた船団の一隻」

そうしたものは確かにあった。が。

「保全されてるっていうけど船としてじゃない！　観光客向けに船乗りの人形を飾って土産物コーナーを作って、日に二回、怪物が襲ってくるってショーをして――そんなんだろ！　あれは！」

「だが、本物だ」

両の眼をぎらつかせてケシオンは凄んだ。

「外洋を乗り越えてきた本物の船だ。紛い物ではない」

「いかれてる。いや……今さらか」

「我は知っているのだ。ケシオンは知る。我だけが！　故郷への方位を、航路を！　知っているのに！　閉じ込められたままなんて！　もう一刻も耐えられるものか！」

ひとしきり叫んで、ケシオンはまた落ち着きを取りもどした。

ゆっくりと言い直す。

「大願を笑うがいい。汝らのごとき、故郷を望めぬ夾雑物こそ哀れよ」

「コスプレ野郎がもったいつけて。いいや、笑ってるんじゃない。笑いごとじゃないと言ったろう。捜査官二名の殺害を認めるか？　実行犯は誰だ」

「有象無象の素性など知るものか」

「否定しないなら自白と解釈するぞ。弁護士を呼ぶか？　お前たちを魔術士に類する特異能力者とすれば、ぼくには逮捕権がある」

「王を裁ける者はいない」

「今はいるね。はぐれ魔術士が抵抗するならこの場で処刑もできる」

「それこそ無理だな。我は真の王。そして」

仰々しく剣を掲げてみせる。

「世界を滅ぼす者として、魔王よりこの剣を授かった。オーロラサークル。天世界の門」

ケシオンの言葉は芝居がかっていたが、彼はなにも演じているつもりはなさそうだった。心底からの確信で語る。

「預言の通りこれを使う。かつて聖域を破壊した剣だ。今度は……奴らのつまらぬ結界を斬る。故郷へ……帰るのだ」

（妄想がひどすぎる）

ハーティアは舌を巻いて認めた。口先で撹乱できる手下たちとは確かに格が違う。この妄想男は、本気で自分を大昔のケシオン・ヴァンパイアだと思い込んでいる。

これまで意識していなかったわけではないが、改めてパニラの立ち位置を気配で探った。すぐ後ろにいる。ケシオンが命じるか、ハーティアが攻撃に出れば即座に飛び掛かってくるだろう。これ以上あまり長引けばボルマトロも回復してくるかもしれないが、迂闊には仕掛けられない。

なにかきっかけがいる。最大の破壊術をこの馬鹿どもに撃ち込むのに要する時間を、ハーティアは目算した。一瞬だけでは足りないが、数秒、彼らの注意を縛るような突拍子もない出来事がなにかあれば、きっとできる。

(マリアベル……？　一番可能性あるけど、期待するのは酷か。むしろぼくがなにか奴らをどうにかするのを待っているはずだし。でももしこんな時に助けてくれるのが君ならもう運命だから結婚してね。ええと、あとはキリランシェロ？　首尾よくここを嗅ぎつけたとして、味方してくれるもんなのかね。ならず者なんかになりやがって)

魔人プルートー、十三使徒、マリア・フウォンにその生徒たち。次々に名前は浮かぶが、誰もここに現れるには奇跡が何重にか必要そうだった。彼らが状況を見て即座に、ハーティアを信頼して協力してくれるのかどうかも含めて。

誰なのか。今、ここにいるべき相棒は。

(考えてみりゃ)

破れかぶれで、ハーティアは胸中の苦みを味わった。

(そういう仲間っていうのがもういないんだ。ぼくには)

頼れるものはなく、ひとりでやっていくしかない。ここで死ぬつもりがまだないのであればだ。

あるいは。

別に生き延びることがそれほど大事でないのであれば。選択肢は広がる。

ハーティアは顔を上げた。そして笑った。

笑いごとではない？　いや、実際はどうだろうか。

（全部失って、ひとりでやってくんだ。きっと、こういうことなんだろうな……）

人にとって大事なものも自分にはどうでもいいから、できてしまうことがある。きっといずれ、しくじって死ぬ羽目になるんだろう。何故かうまくいってしまってすべてを牛耳る魔王かなにかにでもならない限り。

ハーティアはひねりなく、ただ全力の破壊構成を編み上げた。

当然、パニラには見えたろう。すぐにも邪魔してくるはずだ。ハーティアはただ雑に、横に跳んで術を編み続けた。こんなことで回避できるとも思っていない。明らかに分の悪い賭けだ。正気なら誰もベットしない。

それでも、たまたまうまくいってしまうかもしれない。ハーティアの策はただそれだけだった。

きっかり三秒後、術の発動前にハーティアは捕まった。

パニラだ。腕をねじ上げられ、その場にうつ伏せで押さえつけられた。

（終わりだな）

分の悪い賭けはそのまま負けだった。

まあ、仕方ないさ。そうつぶやこうとした。

その時、押し付けられている床から振動が顔面に伝わってきて黙るしかなかった。

遠かったが、かなりの強さだ。しかも急速に大きくなっていく。やがて振動というより激震と騒音が倉庫全体を揺るがし始めた。

ハーティアだけではない。パニラも、そしてケシオンも怪訝そうに天井を見上げる。音は上方からだった。ぱらぱらと埃と、細かい破片が降り出す。音は甲高く、硬質のものをひたすら速く引き裂くように、不快に鳴り響いた。

そしてついに、天井がひび割れた。

天井に穴を開けて、黒いなにかが猛烈に回転しながら貫通してくる。ドリルのように。だがそれが床に突き刺さる形で落下し、動きを止めると、それが人間であることが分かった。いや少なくとも人の形をしているものであると。

それは髪をかき上げ、資材置き場の中を見回した。彼を見つめて、ハーティアは……

「誰だよ」

まったく見覚えがないそいつに言い捨てた。

だが答えはない。そもそも騒音はまだ続いているため聞こえてもいなかったろう。天井からは次々と同じように穴が開き、やはり同様に猛回転した人影が突き抜けてくる。ひとり、ふたり……十数人と。

いずれもハーティアは見たこともない者たちだったし、年齢も性別も、年恰好もなにもかもがバラバラでまとまりもない。ただの部屋着姿の中年女もいれば、重々しい甲冑を装備した男もいる。

突然の侵入者、しかも集団に見舞われ、ケシオンとパニラははっきりと動揺していた。それは当然の反応だとハーティアは思っていたのだが。

しかし、少し違っていた。

「ま、まさか、これは」

パニラの震え声は、ハーティアを押さえつけていたために騒音の中でも聞き取れた。だがケシオンの叫びについては、ちょうど彼が声を発した時に、最後の騒音が途切れたせいではっきりと聞こえたのだ。

「《岬の楼閣》……動いたというのか。馬鹿な！」

ケシオンは確かにそう言った。

そしてぴったり頭上に開いたドリル穴から落下してきた、最後のひとりに思いきり踏みつけられ、そのまま砕け散った玉座の残骸と煉瓦の下まで埋め込まれて見えなくなった。

彼を踏みつけて現れたその男だけは、ハーティアの顔見知りだった。

キース・ロイヤルは回転を止め、物憂げにうめいた。忌々しき言葉を、それでも口にせねばならぬとばかりに。

「これだけは避けねばならなかった……ファイナル執事大戦」

ウオオオオ……と声ならぬ、どよめきが広がる。

そこにいる者たち全員（ハーティアは除くが）、みな一様にその言葉に慄き、そしてお互いに視線を交わす。

また静寂にもどる中、キースは身をかがめると瓦礫の中に手を入れ、剣を取り上げた。

先ほどのケシオンと同じようにそれを掲げ、言葉を続ける。

「これはこの呪われた世における全執事の存亡をかけた戦い。この世界を壊し、そして引き継ぐのは何者か。我こそはと願うなら、そして本当に成し遂げる意志あるならば、名乗りなさいませ。継承者は誰か！　あなたがたも執事のひとりとして、最後の一体になるまで戦い抜くしかありません。歴史に許される勝者はひとり！」

「オオオオオ！」

これは叫び声だった。全員口々に雄たけびをあげ、戦闘態勢を取っていく。

「ちょっと待って」

押さえつけられたまま、ハーティアはどうしても疑問を口にせずにはいられなかった。

「これみんな執事だっていうの？」

「見ればわかるでしょう、黒魔術士殿」

自信たっぷりにキースが答える。

「なにを見れば分かるんだよ！　ていうかお前すら執事なんだかよく分からなくなってきてる！」

「いえ、もう基本的には人類はおおむね執事かもしれません」

「断じて違う！　なんか知らないけど断じてってことだけは分かる！」

心からハーティアは怒鳴り、ついでにこれはそれこそ人体の未知のパワーの発露だったかもしれないが、パニラの拘束をはねのけて立ち上がろうとした。

そしてそこにちょうど、天井から崩れ落ちた大きめの破片がひとつ、脳天に直撃した。

「…………」

衝撃の中。ハーティアは最後の力でこれだけを口にした。

「マジかよ」

別に、世界の危機だと思っていたわけでもない。

それでも命を差し出して対決しようとしていた覚悟をこんな意味不明の茶番に踏みにじられながら。

ハーティアは気を失った。

先に説明しておくと、事態がすべて解決するまで、ハーティアの意識はここで途切れる。この日には彼は死なない。脳震盪と頭部外傷のせいで数日はひどい頭痛に悩まされるが、生き延びる。記憶も曖昧で、特に気絶する直前に見た数秒の出来事が現実だったのかどうか、生涯、理解することはなかった。

ハーティアが再び目を覚ますまでにここにいたヴァンパイアらは全員死亡する。

そして彼が思い浮かべた助けのうち、何人かは実際ここに駆けつけていたのだが、それについて把握することもなかったし、所詮彼が自己憐憫(れんびん)するほどには大した孤独でもなかったということをきちんと学ぶのはもっとずっと後の話である。

12

(どうする?)

マリアベル・エバーラスティンはそこにいて、状況の変化を冷静に見届けていた。

……冷静に。

というよりも、どう慌てればいいのかすら分からなかった。理解ができなさすぎた。
この〝ヴァンパイア〟なる存在については、恐らく自分はあのハーティアより知識を持っているだろうとマリアベルは思っていた。そもそも彼はこの異常な能力者たちを信じることもまだ完全にはできていないようだった。

のだが。

それでも今目にしているこの光景は理解の限度をすっ飛ばしていた。当初はおおむね、予想の範囲内だった——ヴァンパイアと接触したハーティアを尾行し、（倒れていたボルマトロをまたいで）アジトに潜入、この資材置き場と思しき空間で、ついに問題の首領ケシオンを捉えた。

ハーティアはよくやってくれた。パニラなる女ヴァンパイアの注意を引き付けたままケシオンを挑発している。機会を待ちながらマリアベルは倉庫内を迂回して、資材の隙間に潜んだ。可能な限りケシオンに接近してはいるが、それでもひと跳びに仕掛けられるという間合いではない。それにケシオンは剣を手放そうとしない。剣を奪取して逃走するまでのプランが浮かばず、固唾を呑んで機会を待った。

明らかにハーティアが攻撃を焦った時には覚悟を決めた。小さく舌打ちこそしたが、公平に考えて、必ずしも彼を迂闊とは言い切れない。ここは敵の陣地で、どうしたところでこちらは不利だ。ヴァンパイアらがよほど不注意でもない限り、ハーティアのためにマリアベルが自殺的に特攻するか、あるいは逆か、その二択しかない。

ハーティアが成功するにせよ失敗するにせよ、ヴァンパイアらが隙を見せるのはこれが最初で最後だろう。マリアベルは結果を見ずに飛び出そうとした。

ここまではいい。よくはないが、仕方ない。

そこに振動がした。

回転する者たちが次々に天井を突き破って現れ、最後にはあのわけの分からない銀髪の執事だかなんだかがケシオンを踏みつけ、剣を奪い取るまで、マリアベルはただただ成り行きを見続けるしかなかった。

瓦礫が頭に命中してハーティアが失神する。正直言って羨ましかったが、真似するわけにもいかない。

ものすごい轟音と衝撃で、ようやく少し我に返った。現れた……（こう言いたくはなかったが）執事と別の執事が、手にしていた棘つき棍棒と刃こぼれした斧とを激しくぶつかり合わせた音だ。ともに筋骨隆々の大男。傷だらけの肌を上気させながら、怒りとも喜びともつかない声をあげた。

「血の宴の――」

「始まりだァァァ！」

一斉に、全員が動いた。

とてつもない速さだ。ある者は鎖分銅を振り回し、ある者は天井に張りつき、這い回る。どういう種があるのか知らないが口から火を吹いた者もいる。明白に人間離れした身体能力を見る限り、この場に現れた全員があのヴァンパイアと同様の者たちだと判断するしかない。これほどの数がいるとは……それこそあの執事が言い張ったように、ここに全世界のヴァンパイアが集められたのかもしれない。あの仇敵、アイリス・リンの姿はないが。

「はーっはっはっはっ！　踊りあかしましょう！」

高らかに銀髪執事が声をあげる。今のところ彼に襲い掛かるヴァンパイアは誰もいない。物陰に隠れなおして、マリアベルは彼の剣だけを睨みつけた。ケシオンの手から剣が取り上げられたわけだが、どうなのか、今度はあの執事から剣を奪うべきなのかどうか、判断がつかない。

（これはどうなの。危機的状況なの？　一体なんなの？）

危険は危険だ。ほんの数歩分もないようなところで得体のしれない連中が取っ組み合いをしている。壁にぶつかれば石壁のほうが凹むような勢いでだ。

エバーラスティン家の仕事人として、マリアベルは自分の技量、経験には自負もあった。

もっと若い時分には大陸を旅もした。ひとりのはぐれ魔術士とともにだ。彼は仲間としてというより師として、放浪の中でマリアベルを鍛え上げた。彼は不思議なくらい世間知らずだったが、逆に驚くほど失われた知識に精通していた。ヴァンパイアについて説明もしてくれた。トトカンタを牛耳っていた狂乱のヴァンパイア、アイリス・リンとも互角に渡り合い、退けることもあったほどだが、彼は自らその力を振るうよりも人を導くことのほうに興味を持っていたようだった。

「後継者は誰か」

流浪のはぐれ魔術士、チャイルドマンはそんな言い方をしていた。

「この世界が呪われているなら、それを打ち払うのは誰か。どこにいるのか。やれるとして本当にそれをするのか。それを探すためにわたしは生かされた……」

（……え？）

嫌な味を感じて物思いが止まる。マリアベルは剣に注いでいた視線を、それを掲げるキースに移した。

（なにか、あの執事もさっき同じことを言ってた？　でもかかわりなんてあるわけないし。変な偶然……）

と。

時が凍るように、怖気に襲われた。

混乱の中に生じた静寂の隙間、それを感じ取ったのだ。マリアベルは隠れたままあたりを探った。倉庫内では今なお乱闘が続いているが……自分の周りだけ、急に誰もいなくなった。

完全に誰も、ではない。

数秒前までつばぜり合いをしていた棍棒と斧の男たちふたりは、首のない身体になって床に倒れていた。首がどこに行ったのかは分からない。根元からねじ切られていた。一瞬で、それもふたり同時にだろう。

そこに立っていたのは女ひとりだった。パニラだ。フードを下ろして顔を出していた。死体を見下ろして毒づいている。

「この程度のクズモノまでもが……調子に乗って、王の座を狙うだと？」

さらに憎悪を増し、キースを見やる。

「貴様から血祭に――」

と同時に。

パニラの仕業でもなくキースの足元が爆発し、執事を吹き飛ばした。瓦礫を押しのけて出現したのはケシオンだ。

跳んだ執事がこともなげに離れた場所に着地すると、ケシオンはさらに吠えた。

「下郎どもが、我に逆らうか！」

乱闘がひと時止まる。

動きを止めた執事らに、ケシオンは牙をむいた。

「我はケシオン。ブラディ・バースの王。聖域を滅ぼし、世界を摘み、神々をも喰らうだろう！　汝ら、如何な無謀に駆られて我が崇高な願いに反逆するか。申してみよ！　それは、命運を賭すに値するものか！　汝らも森の子ら、ブラディ・バースの末裔なれば、真祖ケシオンの願いは知らぬことなかろうに！」

「その問いは笑止」

物静かに応じるキースに、ケシオンはまた怒気を強めた。

「なんと？」

「奇天烈でございましょう。この戦いは、あなたが招いたのですから……執事として、この剣を手にしたことで」

「ん？」

ケシオンの黙考は長引いた。

そして沈黙ののち、彼がたどり着いた答えから逆算すると、確かに長考が必要な結論だったには違いなかった。むしろたどり着いたことが凄かった。

「つまり我が、執事として剣を盗んだから全国の執事が集まってきたと？」

「評判にかかわりますからな」

「汝ら、みんな執事なのか？」

「見れば分かるだろうがァ！」

歯抜け眼帯左手かぎ爪の鋲革(びょうがわ)ツナギ男が、ゲハハハと同意する。

「………」

どう答えればいいのか、ケシオンが袋小路に迷ったところで。

「はーははは！　とーう！」

キースは飛び上がると、天井の穴のひとつからまた回転して上昇していった。剣を持ったままだ。

「貴様ァ！」

当然、その剣を追ってだろう。ケシオンも天井に飛びつき、腕力だけで穴を這い上がっていく。あっという間にふたりともいなくなってしまった。地上に出て行ったのだろうが……

残されたヴァンパイアら……あるいは執事たち？　もはやマリアベルは理解することな

どとうに諦めていたが、とにかく全員、かなり長い間顔を見合わせてはいた。

ひとり以外は。

重い風音がしたかと思うと、ひとり、今のかぎ爪男が倒れた。今度は首だけではない。胴から真っ二つだ。パニラがその背後で、血に濡れた手刀をマントで拭い、汚れたマントを脱ぎ捨てた。

こうなるとまた、言葉は必要なくなった。残ったヴァンパイアたちは目線だけで示し合わせ、パニラを迎え撃つように包囲する。パニラはなんら慌てることもなく全員を見返していた。

手前にいたふたりが躍りかかった。全身包帯巻きの男と巨大な杭のようなものを抱えた女――といっても外見などもうどうでもいい。パニラが左右に身体と腕を振るだけで絶命させられた。喉と顎、それぞれを指先でむしられて。

堰(せき)を切るように乱戦が再開する。ただ今度は全員の殺し合いではなくパニラのみを狙った包囲戦だ。しかし戦力差は圧倒的に逆転していた。四、五人が襲い掛かってようやくパニラを抑えそうにも見えたが、それも彼女が魔術を使い出してまた呆気なく覆されてしまう。

明らかにどうにもならない。姿かたちもだったが、パニラはアイリス・リンを思わせた。

力も技も。

マリアベルは逃げることも叶わず、そして目的の剣も見失って歯がみしていた。今の自分にできることといえば……

倒れたまま動かないハーティアを見やった。ヴァンパイアたちと違って彼はまだ生きている。

乱戦はまだ続いている。どれだけ持つかは分からないものの、マリアベルは意を決し、隠れ場所を脱した。ハーティアのもとに駆け寄る。彼の身体を引きずって、再び身を潜められる場所を探す。

怒号や衝撃、そして実際に瓦礫や肉片まで飛び交う中、暗がりを伝って進んだ。ゆっくりできる余裕はないが、最後の生き残り——パニラだろう、きっと——に見つかることなく切り抜けられる死角を慎重に探さなければ、元も子もない。任務は軽視しないが言うまでもなく最大の優先事項は生きて帰ることだ。家族を守らなければならない。あとできれば、そのうちお婿さんとかもらえるといい……

執念も手伝って、ちょうどいい物陰を見つけた。港用の資材なのだろうが、整形された石の筒が積んである。人ひとりを隠すのにはぴったりの大きさだし、頑丈そうで、多少場所が崩れても大丈夫そうだ。力を振り絞ってマリアベルは、気絶したままのハーティアをその穴に押し込んだ。

そしてもうひとつの筒の中に自分が入り込もうとして、間に合わなかったことを悟った。

騒ぎはすっかり収まっていた。うめき声ひとつない。耳で感じられるのはあがった自分の呼吸だけだった。

その息を一度大きく吸ってから、マリアベルは振り返った。数歩先にパニラが立っている。

「貴様は……何者だ。我らが眷属ではない、な。魔術士でもなさそうだが」

マリアベルは答えず、質問で返した。

「アイリス・リンをご存じでしょうか？　お顔を見ていましたら、どうしても気になってしまって」

「叔母を知る者か。堕落して、人間どもとかかわっていると聞くが」

「好き勝手をされて、わたくしどもとしても多少、困らされておりますのよ」

「人間ごときにはどうしようもあるまい。信念も夢も捨てた裏切り者の叔母だが、最上級のブラディ・バースのひとりだ」

「そうでしたの。一応お訊きしますが、あなたとはどちらが上で？」

「…………」

答えを躊躇するパニラに、マリアベルは微笑みかけた。

「安心しました。ご謙遜という流儀でもないでしょうし、それならばなんとかなりそうです」

そして拳を握り、構えを取った。

通常、こうしてはっきりと戦闘態勢を取ることは避けている。そもそも暴力沙汰に頼るべきでもないが。どうしてもという時も、戦えるということを知られてしまっては意味がない。それがエバーラスティン、というより母の教育方針だった。

だがここは全身全霊でかかるしかない。師の顔を思い浮かべて、マリアベルは念じた。

自分が受け継いだものが確かなら、この相手には勝ててもおかしくない……！

相手の攻撃は待たない。速さが違い過ぎるので、受けでは対応できない。マリアベルは直進しながら右拳を突き出し、伏せ手で左を死角に回す。右は防がれてもいいし、そもそも効かなくとも良い。本命は左だった。やや傾けた体勢から左拳を敵の脇腹の急所に触れさせる。ここからだ。踏み込みからくる全身の反動を利用した、接触カウンター打ち、寸打による臓器挫傷！

入った、と思ったが。

マリアベルの拳が触れていたのは、パニラの胴体ではなく右腕だった。

防がれていた。

払いのけられるだけでマリアベルは身体ごと浮かび上がり、吹き飛ばされていた。背中からなにかにぶつかり、埋もれる。倉庫の端まで飛んで瓦礫に突っ込んだようだった。起き上がろうにも全身動けない。

「人間風情が」

吐き捨てるパニラの声が聞こえても、反論もできない。

朦朧(もうろう)としかけた意識の中でつぶやくのが精一杯だった。

(ごめん……クリーオウ。お姉ちゃん、あなたの世界を守れなかったかも……)

と。

パニラはとどめを刺そうと踏み出そうとしていたところだった。そこにふと、入り口に人影がひとつ姿を見せた。もうひとりのケシオンの部下、確かボルマトロとか名乗っていたか。彼もフードを外していた。そしてひどい容体だった。口といわず目といわず、血を流して足取りもふらふらだ。

彼は現れるなり、その場に倒れた。その身体を踏み越えてまた別の男が倉庫に入ってくる。警戒はしているが、この惨状からしてみればかなり無造作に、身ひとつだ。

その男には見覚えがあった。パニラが最初に造り出した光球が今では薄れ掛け、照らす範囲も大いに減じていたが。彼の険相や、どす黒い因縁の気配はかえって暗闇の中でこそ強調されていたかもしれない。アドグル家が雇っていたあの黒魔術士だった。ハーティアが名前を口走っていた。確か……オーフェン？

彼が入ってきたのは、マリアベルが侵入してきた同じ通路だ。あの狭い道をボルマトロを担いで来た？　それは無理がある。恐らく回復したボルマトロを見つけ、それを倒したのち、ここに案内させた——それも大概無理がないとは言えないが。

「日に二度も……人間にやられるか。やきが回ったな、ボルマトロ」

パニラが毒づく。

オーフェンは中を見回して、こう言った。

「お前らみたいなのとは、やり合ったことがないでもない」

「なんなんだ。そんなことを言う奴ばかりだな。世界になにか起こってるのか」

「知るか。盗んだ剣を返せ」

「大口を叩いて……他愛もない癖に！」

大勢の血をまとい、パニラが突進した。

オーフェンは、動かない。反応できなかったのか。待ち受けてパニラの身体能力に付き合えば太刀打ちしようがなく、一瞬でやられるだけだとマリアベルは踏んでいた。この傲岸なヴァンパイアの誇る通り、人間には無理だと。

だがパニラの腕が振り下ろされる一瞬、オーフェンの身体がその場から消えていた。

いや、消え失せてはいない。というよりむしろ、あまり動いていない。パニラの攻撃に合わせてほんの一歩、前に出ただけだ。パニラがその目標を逃したのはオーフェンの動きの速さだけではなく、相対的に自分の突進の速度も加わっていたからだろう。

彼女の背後に回り込んだオーフェンは、滑らかに唱えた。

「我掲げるは降魔の剣！」

彼が腕を振り抜くと、その手に持っているらしい不可視のなにかがパニラの背を打ち据えた。一撃で動きを止めることは叶わないが、パニラが反転して逃れようとする先を読むようにオーフェンの手も追っていく。

見えない武器に押されて動きが制限される中、仕方なく間合いを広げるパニラにオーフェンは追撃した。

「我は裂く大空の壁！」

これもまた見えないなにかがパニラを打ち、動きを阻む。苛立ったパニラが金切り声じみた叫びをあげ、光弾を放った。オーフェンもまた魔術で応じて、光の壁が攻撃を阻む。広がった光壁が視界を遮ると、既に彼は移動していた。相手が見えなかったのはお互い様のはずだが、壁が消えた時、パニラが警戒している位置に彼の姿はない。

勘が良い。戦い慣れたはぐれ魔術士に共通するものなのか、マリアベルの見立て通りあのオーフェンの戦闘法はチャイルドマンによく似ている。相手のほうが能力で上回っていようと、状況が不利だろうと、シンプルに弱点を見つけて急所を突く。

チャイルドマンの姿をまた見たように思えて、マリアベルはふと、胸が高鳴るのを感じた。かつての旅の懐かしい思いだ。

単純に技量でもオーフェンはマリアベルを上回っていたが、それだけではない。自分が先ほどなにを間違ったのかがよく分かる。彼はパニラに真っ向から対抗しないのはもちろん、裏をかこうともしない。ただ裏を狙うだけなら表と変わらないからだ。彼はほんの少しずらす。無数の技と戦術を身に着けているからできる。最後の手段としてしか技を学ばなかったマリアベルと違い、彼は行動のすべてが戦闘につながるレベルまで身体を馴染ませている。魚が水を泳ぐようにだ。ハーティアが言っていたことも納得できる。こんな才能を持つ者は魔術士でも稀(まれ)だろう。

ついでに思い出せば、そのハーティアもだ。逆にそこまで戦いに特化せずとも、あのボルマトロを降(くだ)した。強い……この魔術士たちというのは。当然の理(ことわり)も覆し、運命なるものに反逆するためにあるかのように。

「我は放つ――」

疲労を見せ始め動きの鈍ったパニラに、オーフェンの破壊術が放たれた。

「光の白刃！」

熱衝撃波がパニラを呑みこむ。それでもパニラは直撃は避け、床を転げまわった。何度か瓦礫の上を跳ね、動きを止めたところで頽（くずお）れる。術を防ぐために右手を犠牲にし、炭化した腕を抱えて苦悶にあえいだ。

「アアアアアア！」

パニラの絶叫は、苦痛よりも癇癪（かんしゃく）のほうだった。

「どうして！　どうして我らが後れを取る……！　人間などに！」

「だから知らねえっつってんだよ。さっきからアピールも鬱陶しいぞ。人間じゃねえふりみたいなの。現実逃避してるから負けんじゃねえのか？　セラピー行け」

「クソ！　クソ！　クソが！」

無事なほうの拳で床を叩き、自分の身体も叩き、パニラは呪詛（じゅそ）を唱えた。

「だが王には勝てない。我が主には。貴様ごときが調子に乗ったとて。破滅の運命は変えられない！」

「どこにいるんだよ。剣を盗んだのはそいつか？」

「まさに！　この世界に破滅をもたらす！　終わり！　終わりなのよ！」

狂気じみた哄笑をあげ、パニラは床を蹴った。

オーフェンを狙う動きではない。入り口に倒れたままのボルマトロを掴み、さらに天井の穴を駆け上がった。王を追ってそのまま姿を消す。

邪魔しようと思えばできたのかもしれないが、オーフェンはなにもせずにそれを見送った。ちょうど入れ替わるように、通路のほうから足音と声が聞こえてくる。

「おい！　待てって……うわ、なんだこりゃ。なんの状況だ、これ」

顔を出したのはやはり、アドグル家の傭兵だった。以前、夜道でオーフェンと話していた男だ。

オーフェンは軽く肩をすくめてみせる。

「遅かったな。っても、遅くて幸いだった」

「お前がやけに急ぎ過ぎなんだよ」

文句を言う傭兵に、オーフェンは若干腑に落ちない顔を見せた。あたりを見回して嘆息する。

「知ってる奴を見かけたような気がしたんだけどな。気のせいだった。まあ、そりゃそうだな……いない。死体だらけだが。こいつら何者だ？」

彼の落胆には付き合わず、傭兵はかぶりを振った。

「分かんねえ。分かんねえことだらけだよ今回の仕事は。他の連中もやる気ねえな。ビビって中に入ってもきやがらねえぞ。俺らも撤収しよう。剣もねえようだし。いよいよ全員クビだな。これからどうするよ、お前」

「どうもこうも。別にここに落ち着こうと思ったわけでもない」

「行くあてがねえなら、うまい稼ぎ口があんだよ。お前みたいな腕利きにゃもってこいなやつ……」

話しながら出ていく。

マリアベルもしばらく待ってから自分の上に積もった煉瓦を押しのけた。まだきついがどうにか動ける。

激しい打ち身に震えながら平衡を保って。腕の次は足が動けるようになるのを待った。その間にオーフェンが出て行った通路のほうを見つめる。呼吸を整えながら考えを整理した。

彼を観察しよう。何者かを突き止めよう。

もっとも……すぐには無理だ。ひとまずはハーティアを抱えてこの場を逃げ延びなければならない。

問題はない。縁があるなら、いや運命でもあるのなら、きっと彼とは再会するだろう。

13

パニラは地上に飛び出すと、ボルマトロを抱えたまま主の痕跡を追った。難しいことではなかった。主が走った跡は、路面や屋根の上に点々とひび割れとして残っている。塵(ちり)のような人間たちはとうに逃げ出したのか、街にはほとんどひとけがなくなっていた。

パニラのような強者(つわもの)がその気になれば、こんな街など瞬く間に塵灰(じんかい)となす。ひ弱な者たちは逃げ惑い、気取っていたかりそめの秩序も取り落とし、醜態をさらすのだ。

それが普通のはずだ。

たかが黒魔術士だの、よく分からない執事だのに阻まれて良いはずがない。

(ブラディ・バースは特別……ブラディ・バースは特異……ブラディ・バースは約束……)

唱えるように、パニラは繰り返した。

いくら言葉を尽くしても尽きない。この馬鹿げた偽の世界、キエサルヒマで偽りの支配に甘んじる人類もどきの群れ。今なお恥知らずに君臨する聖域に対する、本来の人間種族のあるべき力。それがブラディ・バースだ。そうなのだ。

そして主は。ケシオンは、全ブラディ・バースを導く光だ。だから自分は今、逃走しているのではない。主を追っているだけだ。主は正しい。間違いがあれば必ず正してくれる。つまらない理不尽に怯みもしない……

王都をいつまで走っても主に追いつけないことに、パニラは若干の不安を覚えた。ケシオンの足跡（というか破壊跡）は変わらず続いているし、道などに刻まれたひび割れの程度もずっと同じだ。つまり走行速度はずっと変化がないことになる。

（あの執事風情を追って、主はまだ追いつけていない？）

とっくに捕まえてひねり殺していて当然のはずだ。

そして剣を手にもどってくる。主のもとにあるべき剣を使い、偽りの世界を破壊する。この主の望みこそ生きる希望、正義だ。誰にも邪魔できない。そんな不善が許されるものか。

気が付けば主の足跡はなくなっていた。といっても見失ったわけではなく、街を出てしまったからだ。主はそのまま、王庭街から外に向かっていったらしい。仕方なく見当をつけて、パニラは真っ直ぐ走っていった。時おり、路石ほどはっきりはしていなくとも地面についたくぼみを見つけることはできた。

しばらく走り続けるうちにボルマトロが目を覚ました。混乱している彼に、現在主を追っているところだと説明した。敗走だとは告げなかった。敗走ではないのだから。剣を盗んで逃げる不埒者(ふらちもの)を処刑するのが今の仕事だ。いつでも虐殺できる人間どものことは忘れていい。

ボルマトロにも自分で走らせて、身軽になったパニラは速度を上げた。右腕はまだ再生していない。かなり時間がかかるだろう。ボルマトロはいぶかしげにパニラの負傷を見ていたが、詮索はしてこなかった。当然だ。お互い、触れたくない話になってしまった。

山を越えるほどではないが、丘を越えはした。すると前方の草原に人影が見えた。このあたりはまだ王庭街の範囲といえば範囲だが、馬車道などは逸れているので普通は人を見ることはない。さらに近づいて、それが主だと分かった。そしてもうひとりいる。取るに足らないあの執事だ。

なのだが、パニラが想定していた状況とは少々異なっていた。

まず執事は死んでいない。首をもがれてもいないし臓物をおよそひと区画分広げられてもいないし、もしかしたら怪我のひとつもないのかもしれない。まだ剣を持ったままで、どこから用意したのか分からない派手な装飾のお立ち台から主を見つめている。表情は真剣そのものだ。

まあそれはいい。パニラが戸惑ったのは主の状態のほうだった。彼は座っていた。椅子にだ。玉座的な椅子ではない。テーブル……というにはやや小さい台が前にあり、用途がよく分からない。

王は帽子をかぶっていた。見たことのない帽子だ。シルクハットのようだが、赤くて金縁のこれまた派手なものだった。

そして主の顔もまた真剣だった。いや真剣というより、苦しんでいるかもしれない。意味は分からない。まさか主を傷つけられる存在などいるわけがないし、実際負傷している様子もない。台の上に手を置き、ただただ険しく眉根を寄せ、脂汗をかいている。

パニラとボルマトロがそこに到着しても、主は顔も上げなかった。気づいてはいただろう。耳を澄ますとどうやら、ぶつぶつとなにかをつぶやいている。呪文ではない。王にのみ許された究極の力、白魔術によって王庭街を根こそぎ消し飛ばそうとしているわけではないということだ。

本当に覗き込むくらい近寄ってようやく、パニラはその声が聞き取れた。

「られない……答え……られない」

「あの」

声をかけようとしたパニラに、執事が鋭く囁いた。

「静かに！」

「………………」

なんとなく言葉を失って、パニラは黙った。黙ってしまってから、自分に命令できるのは主だけだと言い返すことを思いついた。

しかしそれを言う前に、執事とやらは重々しく続けた。

ジャカジャン！

という音が確かに聞こえたが、どこから聞こえたのかは分からない。

「第五十八問……エトラカパロトのカップスレンカンにてアーハーガーギャとマルントットッポイの間にいたのは、誰！」

「ぐっ」

主は素早く、台を叩いた。台をというよりそこにあるスイッチをだ。ピコンと鳴って、主の帽子のてっぺんが開き、挙手のマークが描かれた札が飛び出した。

そして答える。

「マックスボーイ！」

ブザーが鳴った。

誰も説明はしないが、パニラにも、それが不正解を意味するのだとは察せられた。主が頭を抱えてうずくまる。

「何故だ！」

「正解は、ダンドンボンソントンコンでした」

「アアアアアアーーーーーッ！」

悔しがる主に、パニラは叫んだ。

「なにをしておられるのですか！」

言われて、主はパニラのほうを見やった。

その顔を見てパニラは思わず後ずさりした。信じられない。

「……泣いておられるんですか？」

「答えられぬのだ！」

「そりゃそうでしょう。あんなわけの分からない問題」

ボルマトロもそうつぶやく。すると。

「あっ！」

いきなり執事が声を上げた。

神妙にお辞儀してから、こう言い出す。

「失礼いたしました。先ほどの問題、カップスレンカンと申し上げましたが、正しくはラ・カップスレンカンでした。お詫びして訂正いたします」

「指摘できなかったァァァーーーー！」

椅子から滑り落ちて地面を叩く主に、パニラはとにかく声をかけた。

「いや、なにをやっておられるのです。なんで、なんでこんなことに？」

他に訊きようがない。

主はもう膝を抱えて泣いている。指までしゃぶっている。

「なんか……あ奴と話していたらなんだか……こうなってた」

「話す必要なんてないでしょう。下賤（げせん）の者など殺してください！」

「でも、答えられぬのだ」

「ですから」

ジャカジャン！

また音が鳴って、執事が問題を発した。

剣を前に差し出してこう言った。

「これは、どうして鋏（はさみ）なのでしょうか？」

息を呑み、主は凍り付く。

さらに執事は先を続けた。

「それはさておき、今のは何問目だったでしょう」

「分からぬゥウウーーーーッ！」

「主ィイイイ！」

さすがに限度を超えて、パニラは主の首根っこを掴み、揺さぶった。本来なら即座に処刑されて然るべき無礼だが。

と。

パニラの手を、ボルマトロが掴んで引き離した。

この期に及んで主の機嫌取りをする仲間に苛立ちも感じたが、それでもそうされて当然ではあったので、パニラはうめいた。

「すまない。しかしこれは、なんかヤバい――」

「いや、パニラ」

ボルマトロはなにかを察したように、主へと向き直った。

呆然（ぼうぜん）とした声だ。訊ねる。

「あれはどうして鋏なのですか？」

「………」

主は答えない。震えている。

今度はボルマトロが彼の肩に触れた。揺さぶる。

「あなた様の剣です。あなた様の！」

「あと、五十九問目でしたよ」

パニラは小さく付け足したが、主は聞いてもいなかったようだ。

「分からぬのだ。どうして。どうして答えられないのだ。我がどうして。我が知るはずのことを答えられない」

「……カップスレンカンもですか？」

「ラ・カップスレンカンだ」

「この剣は――」

改めて語り始めた執事に、主もパニラも向き直った。

彼はその剣をゆっくりと抜いてみせた。天に掲げて切っ先を円く振る。その銘を思わせる動きだった。

「この剣は世界をも滅ぼす武器として魔王から授かったものです。物々しい名前があってもいい……そうですね、オーロラサークル。天世界の門。こちらのほうがしっくりくる。

でも、鋏が真の名です」

と、首を振る。

「鋏などというのは所詮は道具、使いよう。世界を滅ぼすことにも使えるし、あるいは。まあ、魔王の皮肉でしょうかね」

「貴様はなにを」

「そんなものより、そう。あの黒魔術士殿のおっしゃる通り、訓練によって制御された白魔術が最大の脅威です。研ぎ澄まされた妄想を実現する力こそ、魔王の力。そしてこれもあるいは別の見方がありますね。願いごと、と。まあどう名付けてもいいですが。生真面目な魔術士なら大層な呼び名を考えそうですな。この鋏と同じく」

執事は無視して続けたが、パニラは話を見失いかけた。なんのことか分からない。

「……誰の言った通りだと？」

「その場にいないと話も聞けませんか。あなたがた程度では。いや、まさしくそれが問題なのでしょう。白魔術こそが解放の鍵でしょうが、まだ未熟過ぎる。でも萌芽はあります。たとえば怪物化して逃走中の白魔術士が、偶然その極意に触れるかもしれません。どうしようもない状況を逆転させる一手として」

「さっきから、戯言を」

「そうでしょうかね。つまるところ時期はそう遠くないかもしれないのに、あなたはすべて台無しにしかけた」

「我は……希望に従ったのだ！」

主が立ち上がった。

その怒りに対して、執事はただ静かに告げる。

「結界内で発生しているのは真のヴァンパイアライズとは異なるものです。神々の影響を直接受けた真のヴァンパイアは今のところケシオンだけ。聖域も彼を殺せず、魔術によって森に封じられました。この呪われた結界内に今もあるヴァンパイアは、彼の砕片から生まれた紛い物。彼の力と記憶を……大なり小なり持って変化した末裔ですな」

「紛い物……紛い物だと？」

それだけは言ってはならない。

恥の名よりも致命的に、主の激怒を招く。

「我は違う。我はケシオンだ」

「あなたではございません。それは確かです」

あとは黙って、三人のヴァンパイアへと、執事は剣を向けた。

ブラディ・バースは特別。

ブラディ・バースは特異。

ブラディ・バースは約束。

ケシオン、ボルマトロ、パニラと、世界から切り落とされる順番で、パニラはそう囁いた。

14

ハーティアが目を覚まして、そしてきちんと会話できるまで回復するのには三日間を要した。

それでもまだ傷の痛みは残ったが。すぐに魔術で治すことはやめておいた。うまく集中できないかもしれない。宿のベッドでこの三日を寝て過ごしたが、優しいことにコンスタンスと執事は同じ宿に付き合ってくれた。

「結局」

今さらだが、宿の食堂に下りてみんなでこの事件の顛末をまとめていたところだった。

憂鬱にハーティアは続けた。

「捜査官殺しの実行犯は逃亡。手がかりももうなし。黒幕がいたように思えたけどそれもさっぱり不明。あと関係ないといや関係ないけど、剣も紛失か」

「無念です。あと四十センチ。四十センチだけ、額が広ければ……」

「それはそれでなんか結構つらい人生になりそうだけど」

キースは悔やんで、ハンカチを噛んでいたが。

すぐにけろっとして言い直した。

「まあいずれ、ほとぼりが冷めた頃に故買屋にでも流れるのではないでしょうか」

「そうだね。まあ剣探しはぼくらの任務じゃなかったけど」

なんとなく感傷的に、あたりを見回す。ひょっこりいるのではないかという気もしたのだが、マリアベルはあの日を最後にまったく姿を見せなかった。まだ剣を追っているのかもしれない。

彼女に対しても後ろ暗い気持ちがあって、ハーティアはため息をついた。

「見事になんの役にも立たなかったなー、ぼくは」

テーブルに突っ伏す。

「ごくつぶしだね。まったく。ほんと。ごくでもつぶしとくよ、あっちのほうで」

「注文はしたんだからご飯はここに来るわよ」

「いや、そういうことじゃなくてさ」

ハーティアは顔を上げ、澄ましている彼女を見やった。執事は、なんとなくこういう場でもそういうものなのか、彼女の横に立ったままだ。

平然としているコンスタンスにやや意地悪い気持ちがわいて、ハーティアは言った。

「君だって失敗しちゃったわけだから。エリートコースも危ないかもしれないよ?」

「一度くらいの不運でめげないわよ」

「そうだね……そうだな。そうすべきかも」

適当に相づちを打ったわけでもなく、結構な本気でハーティアはそう感じた。


翌日、トトカンタ行きの船に乗った。

コンスタンス、キースとはここでお別れだった。彼女は王都で派遣警察に合流し、キースはアーバンラマに帰るのだろう。ハーティアだけがトトカンタにもどる。あの退屈な支部に。

大いに気が進むというわけでもないが、それでも向こうを出た時よりは、トトカンタに興味を覚えていた。

(ヴァンパイア、か。あんな連中が実在しているなら、もし利用できれば)

マリアベルは確か、トトカンタにヴァンパイアゆかりの者がいると語っていた。根拠は怪しいが、奇抜な変人をあたっていけば見つかるかもしれない。

とはいえ。

（虫が良すぎるか）

なにかの計画を立てても、それをやり遂げたことは一度もない。

……この時はまだ。

「それでは、ご健勝で」

港──王都の本当の港だ──まで見送りに来てくれたのは、キースだけだった。コンスタンスは急ぎ、本部へ叱られに行ったようだ。

船の手配から荷物をまとめるまで、キースはそつなくやってくれた。この執事はたまにおかしな行動はあったし、結局大した役にも立たなかったわけだが、それでも世話になったのは間違いなかった。

「いろいろとありがとう」

ハーティアは礼を言ってから、海を見やった。

馬鹿げた意味不明の事件であり、記憶すら曖昧だったものの、はっきり覚えていることもあった。

「船、か」

「いかがなさいましたか？　まさか」

はっと、キースが狼狽える。

「……切り干し大根が足りない……？」

「いや、切り干し大根は常に足りてる。何故なら、別になくてもどうにかなるものだから」

なんとなく彼との付き合い方も分かってきて、ハーティアは答えた。

「あのケシオンがね、口走ってたんだ。正気じゃなかったけど。彼はキエサルヒマを出たがっていた。可哀想（かわいそう）だったと思うんだ」

「と、申しますと？」

「ぼくはあの支部にいるのが嫌でたまらなかったけど、出ようと思えば出られるさ。でも彼を外に連れていってくれる人はどこにもいない」

一番大事な願いが踏みにじられて絶望すると、人は簡単にすべてを捨ててしまう。

それは他人事ではない。ハーティアにとっては特にそうであったし、恐らくは誰であってもそうだ。

曖昧模糊（あいまいもこ）とした話だし、キースがまともに受け答えするとも期待しなかったが。

執事はなんの気まぐれか、こう口にした。

「永遠にそうでしょうか?」

少し面喰らいながら、ハーティアは苦笑した。

「さあ。でもぼくらの代で変わることでもない気はするね。外洋を目指す理由もないし」

「ならば辛抱強く待つのでしょう。ケシオンなる人物がバケモノとして生き続けるのなら、既に百年よりも長く待ったのですから」

またきょとんとしてハーティアはつぶやいた。

「見てきたように語るんだね」

「そうでしたか。差し出がましいことを、申し訳ございません」

「いや、別にいいんだけど……それにあのケシオンが本物だったとは思ってないよ。あり得ない」

「ええ、あり得ないことです」

役立たず同士でうなずき合って。

ハーティアは船に乗った。

あとがき

お疲れ様です！　あとがきです。

さっさと書くつもりが前回から一年くらい空いちゃいまして、やべえなちゃんとやれよって感じなわけですけど、他人事みたいに言ってすみません。人は弱い。弱いのだ。

えーと、今回のシリーズあとがきでは話の内容のほうにじゃんじゃん触れていこうぜってことで、じゃあレッツ触れてくわけですが。

これまた前回とは違う理由で書きづらかったです……でも苦労しただけあって我ながら案外まとまったなって思ってます。自分で思ってるだけかもしれませんが。旧シリーズの矛盾やらほったらかしだったとこをつなげて辻褄合わせがコンセプトですけど、かえっておかしなとこ増やしてたら笑ってやってくださいってところまで含めてが真のコンセプトかもしれません。

前回はプレ編と本編初期のネタをつなげましたが、今回は無謀編とつなげてみたわけです。なんで書きづらかったのかは表紙とか見ていただければ説明いらないですかね。

次回は個人的に一番厄介なヤマに挑む予定ではいます。挫折とかしなければ。頑張ろう。あんまり間は空けたくないな……

若かった頃、いい加減に書き散らかしていたもののツケを払うかのようなこのコンセプトなんですが。

いろいろ思い出して頭を抱える反面、気ままにやれていた部分を思い出して楽しかったりもしますね。それでもやっぱり暦設定問題とか「駄目だ。解消法思いつかない」ってあきらめたものも山積みで、頭は抱えたまんまです。

……あ、前回のあとがき読み返してたら思い出しましたが、エバーラスティン家の謎の家紋のこと今回触れようと思ってたはずなのに出トチっちゃったな。まあ仕方ないか。これの他にも貴族関係は地味に未解決問題多いんですよ。時系列とか。なんで当時のわたしケチくさく二百年前にしたのかなー。千年とか八百六十兆万年とか書いとけばもっとなんとでもなるのに。

ともあれあんまり追い込んでゴリゴリ魂削るような感じよりは、つまみ食い的に面白そうなとこだけ触れていくほうがいいかなと思ってます。人は弱い。しかしその弱さを許す強さはある。あ、なんか思いつくまま口走ってみたけどそれっぽいな。よし採用。なににか分かんないけど。

やってる分にはパズルみたいなもので、実際楽しんではいます。掘れば掘るほど未設定やら未解決箇所が見つかりますな。きりない感じです。

設定部分を抜きにしても、まだ触れてなかった時期の話を埋めること自体がパズル感ありますす。一応シリーズの一貫性みたいなことで、旧シリーズ本編の一年前あたりで統一してますけど、もっと変な時期の話をやってもいいのかもしれないなーとか。いろいろ考えたりはします。

みなさんにもお楽しみいただけてたら幸いなんですが。それでは次の巻末でもお会いできましたらー。

秋田禎信

二〇二〇年十月——

SORCEROUS STABBER

ORPHEN

魔術士オーフェンはぐれ旅　ハーティアズ・チョイス

2021年2月1日　第1刷発行

著者　秋田禎信(よしのぶ)

発行者　本田武市

発行所　TOブックス
〒150-0002
東京都渋谷区渋谷三丁目1番1号　PMO渋谷Ⅱ　11階
TEL 0120-933-772(営業フリーダイヤル)
FAX 050-3156-0508

印刷・製本　中央精版印刷株式会社

ISBN978-4-86699-108-5